VQ

Anna Herzig wurde 1987 als Tochter eines Ägypters und einer Kanadierin in Wien geboren. Sie lebt in Salzburg. Nach mehreren Veröffentlichungen im Digitalen erschien 2017 mit »Sommernachtsreigen« Herzigs erstes gedrucktes Buch bei Voland & Quist.

Verlag Voland & Quist GmbH, Berlin, Dresden und Leipzig, 2020

Korrektorat: Kristina Wengorz
Umschlaggestaltung: Nina Bachmann
Satz: Fred Uhde
Druck und Bindung: PBtisk, Czech Republic

www.voland-quist.de

HERR RUDI

ANNA HERZIG

VOLAND & QUIST

Für den Herrn Rudi und seinen Beschützer.

Auftritt Herr Rudi, bitte schön.

Der Herr Rudi kniet nackt auf dem Boden eines Hotelzimmers. Sein Körper bedeckt mit Badewannenschaum. Er stützt sich auf den Resten seiner Existenz ab. Auf allen vieren zu kriechen, lässt einen demütig werden. So hört man.

Eine durchwühlte Reisetasche liegt auf dem Bett. Seine liebste, die mit den vielen bunten Enten darauf. Vereinzelte Blaubeeren tummeln sich auf dem Bettlaken. Friedlich sehen sie aus, scheinen sich wohlzufühlen.

Nicht weinen, Rudi.

Er hält sich mit zwei Fingern an der Katzenohrenhaube fest, die ihm der Fritz geschenkt hat. Versucht, die Schmerzen des Hexenschusses durch die Finger in die Haube umzuleiten. Energetischer Kuhhandel sozusagen.

Frauenbeine gehen vor seinen Augen auf und ab. Ein Fuß in einer gelben, der andere in einer blauen Socke. Knöchel, Knie und weiter hinauf: der verheißungsvolle Weg zu schönen Erinnerungen.

Aus dieser Sicht nimmt er seine Umgebung nur mehr halbiert wahr. Vielleicht noch ein paar Minuten so bleiben. Der Ausblick aus seinem Zimmer offenbart wenig Trostspendendes.

»Ich seh dich nicht mehr, Livi. Warum kann ich dich nicht sehen?«, fragt er.

Aus irgendeiner Ecke hört er sie doch kichern.

»Hallo?«, fragt sie.

»Livilein ...«, versucht er, sie zu locken.

Stille.

»Livi, versteh mich doch«, sagt er.

»Nein.«

»Bitte.«

»Nein.«

»Es ist meine Entscheidung«, sagt der Herr Rudi in seiner autoritärsten Gerichtsvollzieherstimme und schlägt mit der flachen Hand auf den Boden.

»Und ich hab Nein gesagt«, antwortet sie.

»Jetzt gib mir die Kugel, sonst lernst du mich kennen. Und zwar richtig.«

»Nein.«

Mit dem rechten Bein tritt er, so fest er kann, nach hinten aus, gegen die Wand. Und wimmert den Schmerz von der Seele in das Knie, in den Fuß.

»Du bist langsam«, quengelt sie, »langsam und langweilig.«

Junge Erwachsene, denkt der Herr Rudi.

»Spüren …«, sagt sie.

»Geht nicht«, antwortet er.

»Aber ich will!«

»Es. Geht. Nicht. Livi.«

»Ich will, ich will.«

Wenn er wenigstens die Salzburger Berge sehen könnte.

»Wenn ich jetzt den Untersberg sehen könnte.«

»Dann?«, fragt die Livi.

»Dann wäre alles anders.«

Vielleicht, vielleicht auch nicht. Auf seiner Zunge tobt ein Blaubeersturm.

Wenn er den Nebel in seinem Kopf wie einen Vorhang beiseiteschieben könnte, vielleicht würde es gelingen, einen Blick auf Livi zu erhaschen. Das Problem mit Nebel jener Art: Er ist hartnäckig.

Das Problem mit Geistern jener Art: Sie sind hartnäckig.

ALSO SCHNUPPERT er. Ist bemüht, sie anhand ihres Geruches zu finden. Wenn die Livi auftaucht, manifestiert sich das nämlich in einem zarten Duft aus Orangen und Zitronen. Und der knallt dem Herrn Rudi direkt bis in die Seele.

»Livi, gib mir die Kugel«, murrt er.

»Nein«, antwortet sie.

»Wenn ich was entscheide, kann ich auch mit den Konsequenzen leben. Verstehst mich.«

»Fang mich doch.«

»Livi, nein.«

»Doch.«

»Jetzt gib mir die Kugel.«

»Brauchst du nicht.«

»Doch. Für eine Waffe braucht man eine Kugel.«

»Warum?«

»So will es der Mechanismus«, schnauft er.

»Hallo?«, fragt sie.

»Nein.«

»Hallo, hallo?«, fragt sie.

»Nein, nein.«

»Ich hab das beschlossen, ich will nicht mehr. Kannst du mich nicht ein bisschen verstehen?«

»Spiel was mit mir.«

»Gib mir die Kugel für die Waffe, du lästiges Kind.«

»Ich bin neunzehn.«

»Ist doch dasselbe.«

»Ist gar nicht dasselbe Und keine Kugel für dich. Pastabasta«, schmollt sie.

Und der Herr Rudi weiß: Weiterdiskutieren ist bestenfalls wertlos.

Wenn er den Fritz jetzt anrufen und sagen würde: »Du, ich brauch dich.«

»Fritz. Ich brauch das jetzt, dass du dich mit mir in die Bella-Palma-Pizzeria setzt. Hallein, das war doch immer unser Revier. Ein Glas Rotwein nach dem anderen. Und noch eins und dann immer so weiter. Bis uns richtig fein die Lichter ausgehen.«

Weil Wein, alleine getrunken, meist nach der größten Einsamkeit schmeckt. Und ein bisschen nach Wein. Aber hauptsächlich nach: Ich möchte reden. Bitte. Aber er hat dem Fritz nichts gesagt. Weil, denkt der Herr Rudi, die Dinge, die einem passieren, die Angelegenheiten von demjenigen sind, dem die Dinge eben passieren.

»Ach was, Rudi«, würde der Fritz sagen, »egal, was ist, wir kriegen das wieder hin.«

Vorsichtig probiert er also trotzdem eine Trockenübung, die seinen Freund vielleicht nicht in eine sofortige, alles mobilisierende Panik versetzen würde.

»Fritz.«

Räuspern.

»Fritz, ich …«

Räuspern.

»Wie geht's dir. Ich brauch was. Nein. Anders.«

Räuspern.

»Fritz. Ich hab. Ich. Nein. Okay.«

Räuspern.

»Fritz. Ich hab dich lieb.«

Vergiss es, Rudi, denkt er, zieh da niemanden mit hinein.

Es beginnt zu regnen. Nicht nur in Salzburg, sondern ebenso im Kopf vom Herrn Rudi.

»Da fragst du dich schon«, hat der Herr Rudi vor ein paar Wochen gesagt.

»Was?«, hat der Fritz geantwortet.

»Ich mein, da fragst du dich schon, was es zu bedeuten hat, das Leben.«

»Ja, eh.«

»Was kommt denn? Nachdem schon alles passiert ist, mein ich.«

»Ich weiß nicht«, sagt der Fritz und schaut in sein Weinglas.

Dort findet man mal mehr, mal weniger Bedeutsames. Schätze und Erinnerungen. Momente, in denen man gewusst hat, wer man ist. Deswegen ist ein zweites, drittes oder viertes Glas Rotwein keine blöde Idee. Dann findet man den Rest.

»Wie machst du das«, sagt der Herr Rudi und schiebt sein Sushi-Tellerchen zur Seite.

»Hunger«, antwortet der Fritz.

»So ein kleiner Körper.«

»Aber der hier«, sagt der Fritz und klopft sich auf den Bauch, »zählt für zwei Männer.«

Der Herr Rudi versteht das mit dem zärtlich angefutterten Bauch ja. Er selbst ist nämlich ein passionierter Nachtesser. Da kann er gar nichts dafür, weil in der Nacht, da erwacht sein ganzer Organismus zum Leben. Untertags fährt er auf Autopilot, aber nachts, da spürt er seinen Körper vibrieren. Da kriegt er Appetit auf alles, was es in der Welt an Köstlichkeiten gibt. Der Herr Rudi ist nämlich ein Stier und wohnt sozusagen im Genuss.

»Wie geht's denn mit der …?«, fragt er den Fritz.

»Wem?«

»Wie heißt sie noch mal, ich hab's vergessen.«

»Silvia.«

»Genau.«

»Na ja.«

»Nichts mehr?«

»Weiß nicht.«

»Ist was passiert?«

»Sie will noch ein Kind.«

»Mit dir?«

»Mit wem sonst?«

»Zusammen habt ihr doch schon vier.«

»Eben. Isst du das noch?«

»Nein, bedien dich.«
»Danke.«
»Und?«
»Was *und*?«
»Was machst?«
»Gibt nur drei Möglichkeiten«, antwortet der Fritz kauend und holt sich das nächste Tellerchen vom Fließband, »entweder ich sitz es aus.«
»Kannst.«
»Oder ich erfüll ihr das.«
»Kannst auch.«
»Oder.«
»Oder?«, fragt der Herr Rudi.
»Trennung.«
»Keine andere Möglichkeit?«
»Eher nicht.«
»Das tut mir leid.«
»Es ist, wie es ist.«
Der Herr Rudi nimmt sein Weinglas und prostet dem Fritz zu.
»Irgendwann, mein Freund …«, sagt er.
»Wenn du mit *mein Freund* anfängst, dann willst du doch was von mir«, antwortet der Fritz.
»… irgendwann, mein Freund, wenn wir das nächste Mal gemeinsam in Salzburg sind …«
»Jetzt kommt's.«
»… dann fährst du mit mir den Untersberg hinauf!«
Der Fritz verschluckt sich am Grinsen vom Herrn Rudi und auch ein bisschen an einer Litschi.
»Spinnst?«
»Doch, doch, das machen wir.«

»Spinnst!«

»Sei nicht so.«

»Ich hab Höhenangst, Rudi, das weißt du ganz genau. Ich steig nicht mal auf eine Leiter.«

»In der Untersbergbahn passiert dir nichts. Die Aussicht ist genüsslich, das sag ich dir.«

»Ich setz mich ganz sicher nicht in so eine Todeskabine.«

»Sei nicht komisch, Fritz.«

»Aber wirklich nicht!«

»Dann gehen wir hinauf.«

»Du bist eine blöde Sau.«

Der Hexenschuss holt den Herrn Rudi zurück. Realität ist dort, wo Schmerz ist.

Ihm fällt der geöffnete, noch fast volle Rotwein wieder ein, der in Griffweite steht. Der Herr Rudi trinkt aus der Flasche und weint. Trinkt und weint und trinkt und weint, während er auf dem Boden kniet, mit der einen Hand abgestützt, in der anderen die Flasche.

»Que sera, seraaaa«, grölt er zwischen zwei Schluchzern, »whatever will be, will be.« Dann summt er, weil er den Rest vergessen hat. Auf drei Gliedern beginnt er zu wippen. Wiederkehrende Bewegungen. Vielleicht, wenn er schnell genug trinkt und wippt und trinkt und wippt und trinkt und weiter wippt, kann er sich in der Zeit zurücktrinken. Wie eine Zeitmaschine, nur ohne Zeitmaschine, dafür mit Rotwein.

Heureka, wenn das gelänge!

Er würde sich zurücktrinken zur Olivia. Zurück zu jenem Sommer, bevor sie starb. Zurücktrinken zu seinem Vater und ihm sagen, dass er nach dem Tod der Mutter ein Recht darauf gehabt hätte, wieder glücklich zu sein, egal, was die Leute im Dorf sagen. Zurücktrinken zu einer anderen Berufswahl, einer, die das Elend der Menschen nicht noch aussichtsloser macht.

»Que sera«, jammert er und ist für einen Moment unachtsam. Die Flasche rollt davon, und der Herr Rudi ist fassungslos ob dieses Verrats.

»Soso«, sagt er. »Soso, du mieser Verräter. Ich brauch dich eh nicht.«

Die Flasche, mittlerweile regungslos auf der anderen Seite des Raums angekommen, bleibt kühl und lässt sich auf keine Diskussion ein.

»Ich hab's nicht so gemeint«, flüstert er, »wenn du mir entgegenkommst, wäre das fein.«

Keine Antwort.

»Können wir das so machen, bitte schön?«

Keine Antwort.

»Schau, ich hab doch nur mehr dich.«

Die Flasche, denkt er, könnte ja eine Seele haben, ein Leben. Ein eigenes nämlich, mit Verpflichtungen. Eine Ehefrau, ein lieblicher Muskateller vielleicht. Die Kinder: Rosé. Merlot musste kurzfristig aus dem gemeinsamen Weinregal ausziehen. Man wird sehen, ob Distanz wieder verbinden kann. Merlot und Muska verbindet eine lange Geschichte, die allerdings geheim bleibt. Eine feurige Liebe, so viel kann man sagen. Die großen Gefühle, findet der Herr Rudi, dürfen ruhig eine angemessene Zeit brauchen, um zu reifen. So erzählt er es zumindest der Flasche, hofft auf einen Lufthauch, der sie samt den noch nicht ausgeronnenen Überresten Wein zu ihm herüberrollen lässt. Nichts passiert.

Es ist demnach entschieden. Die Flasche und er werden getrennte Wege gehen. Er denkt über die Sauerei im Badezimmer nach und fragt sich, ob man das irgendjemandem zumuten kann. Wer will denn so etwas beim Morgendienst finden?

»Steh auf, Rudi«, sagt er zu sich.

Er versucht und scheitert im selben Moment daran, sich aufzurichten, gefolgt von einem »AuaScheißeHimmelHerrgottJosefundMaria.«

»Was tut dir denn weh?«, fragt die Livi plötzlich.

»Das Alter.«

»Kenn ich nicht.«

»Ich weiß.«

»Wie ist das?«

»Elend. Manchmal.«

»Es ist still hier.«

»Weißt, vor ein paar Tagen ist es mir passiert. Das, was nie hätte passieren dürfen. Ich hab mich nicht mehr erinnern können, wie du riechst.«

»…«

»Den ganzen Keller hab ich nach deinem Karton abgesucht, dem braunen, eingerissenen, den mir deine Mutter nach der Beerdigung mitgegeben hat. Decken, Kleidung, der Marmeladenvorrat. Ich hab geglaubt: Ich dreh durch.«

»…«

»Alles hat nach Keller gerochen.«

Der Herr Rudi hört es klingeln.

»Hallo«, sagt er.

»Hallo, hallo, hallo«, sagt die Stimme.

Sein Handy liegt auf dem Bett, Paolo Conte in Dauerschleife. Dieses YouTube ist ein Hexenwerk, findet er.

Aber diese Musik. Damals haben sie nackt im Haus getanzt, wenn niemand da war.

Als die Livi gegangen ist, haben dem jungen Herrn Rudi Dinge wehgetan, von denen er nicht gewusst hat, dass die wehtun können. Regungslos ist er in der Küche gesessen, als wäre er ein Brotkorb, der zum Inventar gehört. Was wisst ihr von Liebe, haben die Eltern der Teenager damals gesagt, was wisst ihr denn schon? Der Vater vom Herrn Rudi hat das im Nachhinein bereut, weil er seinen Sohn noch nie so leiden gesehen, gravierend unterschätzt hat, was die beiden füreinander waren.

Alte Seelen, die sich erkannt haben, möglicherweise.

Lachen kann im Leben oft helfen, aber jetzt, im Hotelzimmer in Salzburg, mit elendem Hexenschuss – er zwingt sich.

»Ha, ha. Haha.«

»Du machst mir Angst«, sagt die Livi.

»Kannst mich bitte für fünf Minuten in Ruhe lassen. Ich hab grad einen Moment.«

»Du bist nackt.«

»Ja.«

»Und siehst anders aus.«

»Ich bin alt. Da sehen Dinge nun mal anders aus.«

»Was ist mit deinem Gesicht?«

»Falten.«
»Das andere.«
»Das ist Traurigkeit.«
»Warum?«
»Wegen Dingen«, antwortet er.

Eine Ungemütlichkeit, seine Einstellung zu Salzburg. Würde er sich bewegen können, der Herr Rudi, dann würde er vom Hotelbalkon aus schimpfen. Und zwar mit solch einer Leidenschaft, dass man ihn bis nach Wien hört. Hinunterspucken und sich in eine Hysterie hineinsteigern, die sich gewaschen hat, verdammt noch einmal.

Bei seiner Ankunft am Salzburger Hauptbahnhof heute Nachmittag hatte er damit geliebäugelt, die Schnellbahn Nummer drei nach Hallein zu nehmen. Wegen der Bella-Palma-Pizzeria.

Seit 1998 war die Bella Palma die Hauptkommandozentrale vom Fritz und dem Herrn Rudi. Es hat dort ein gewisses Flair, das muss man schon sagen, weil selbst die Servietten ein bisschen nach Italien riechen. Und Hallein, dort kann man sich schon verlieben. Da hat der Herr Rudi die Salzach immer in der Nähe. Der Fritz ist in Hallein aufgewachsen und wegen einer seiner großen Lieben nach Wien gezogen. Dann wieder nach Hallein. Dann wieder nach Wien. Dann wieder nach Hallein, und das nächste Mal Wien ist das letzte Mal geblieben. Da hat ihm das Leben drei Söhne geschenkt. Und mit dem Leben ist es meist so: Entweder passiert dir alles oder eben nichts. Wenn der Fritz über Salzburg redet, steckt er sich eine Zigarre in den Mund. Anzünden tut er sie nicht.

»Liebe. Was soll denn das am Ende des Tages eigentlich sein?«, fragt der Fritz.

»Ich glaub, das ist, wenn der Kopf sagt: Ich fühl mich verbunden«, antwortet der Herr Rudi.

»Sei nicht komisch, Rudi.«

»Wieso komisch?«

»Denk doch mal nach.«

»Ach was.«

»Du bist doch ständig verliebt, Herr Fritz.«

»Aber die große Liebe: vor Ewigkeiten, Herr Rudi!«

»Herr Rudi, Herr Rudi – ich hab gar keinen Nachnamen mehr.«

Der Fritz kaute an dem Ende seiner Zigarre herum und sagte: »Herr Fritz passt aber irgendwie nicht.«

»Nein«, antwortet der Herr Rudi, »irgendwie nicht.«

Jetzt kann er nur mehr versuchen zu kriechen. Millimeter für Millimeter und währenddessen von gedanklichem Proviant zehren.

»Findest das lustig«, schnauft er.

Die Livi hat sich auf seinen Rücken gesetzt und ihn zum Pferd ernannt. Das macht sie seit einigen Jahrzehnten so.

»Ich mag Spaß«, sagt sie.

»Du machst Spaß, meinst.«

»Pferdchen, hü-hott.«

»Livi, ich schwör dir …«

»Lach doch mal ein bisschen.«

»Ich bin ein alter Mann. Mir tut das weh.«

»Spiel was mit mir.«

»Ich bin müde. Geh bitte runter von mir.«

»Du hast mich nicht mehr lieb.«

»Wenn du so weitermachst, korrekt.«

»Du bist böse.«

»Und alt«, schnauft der Herr Rudi.

»Hallo?«, fragt sie.

»Hast dir eigentlich mal überlegt, wie das gewesen wär, wenn nicht du, sondern ich gestorben wär. Dann wäre ich jetzt dein Geist.«

»Was ist *gestorben*?«

»Wenn der Körper sagt: Ich mag nicht mehr.«

Nun muss er doch ein bisschen weinen, wie sie da so auf ihm sitzt. Geister auf den Schultern zu tragen, kann die seltsamsten Schmerzen herbeiführen.

Heute, an seinem Geburtstag, fühlt er sich dem Leben im Allgemeinen näher. Den Dingen, die schön sind, und den Dingen, die wehtun. Wehtut: der Hexenschuss. Der Nebel. Die Diagnose vom Arzt.

Aber so dahinzusiechen, das ist dem Herrn Rudi nichts. Der Livi damals beim Sterben zuzuschauen, hat ihn in seine elementarsten Teilchen zerlegt. Der Gang weg von ihrem frischen Grab. Der elende Friedhofsgeruch wird ihm vier Jahrzehnte danach noch das rechte Nasenloch verstopfen. Er hat geglaubt, es zerreißt ihm die Organe.

Wer gibt ihr eine Decke, was, wenn sie aufwacht und allein ist? Wenn sie Angst hat und weinen muss, weil keiner sie hört? Jemand muss doch in ihrer Nähe bleiben und sie lieb haben. Beschützen vor der Kälte und den Tierchen da unten.

Die Eltern von der Livi hatten ihn gebeten, aufzustehen und ein paar Worte zu sagen. Der junge Herr Rudi hat nur genickt. Als er dann im Anzug vor der Trauergemeinde gestanden ist, hat er nur ins Leere geschaut, unfähig irgendetwas zu sagen. Er hat zu weinen begonnen, so laut und schmerzvoll, dass sein Vater herbeigeeilt ist und ihn unter dem Arm stützend aus der Kirche gebracht hat. Er hat sich aus dem Griff seines Vaters befreit, ist zurückgerannt in die Kirche, hat wutentbrannt jedes Blumengesteck zu Boden geworfen, das in seiner Nähe war, ist darauf herumgetrampelt und hat geschrien: »Das bringt jetzt auch nichts mehr! Versteht ihr das nicht?!«

Im Kreis ist er gestampft und hat gebrüllt: »Sie mag keine Rosen!«

Ist zitternd zusammengesunken und hat geschluchzt: »Warum muss sie denn jetzt allein in einer Kiste sein?«

Stunden später ist er in sein Zimmer gekrochen, verquollene Augen und Speichelfäden ums Kinn, hat sich die riesige Tagesdecke über den Kopf gezogen und gedacht: Es gibt keinen nächsten Tag mehr. Egal, was jetzt noch passiert, die Sonne, die geht nicht wieder auf.

Man möge sich nun das Ausmaß des Hochverrats vorstellen, als der nächste Tag sehr wohl gekommen ist.

Der junge Herr Rudi wird in den darauffolgenden Wochen zu einem Geist werden, der nachts jaulend vor Schmerz im Elternhaus herumwandert, durch Gänge und Zimmer schleicht, alles und jeden anklagt, weil man ihn um ein ganzes Leben betrogen hat.

Stunden um Stunden wird er schlafen, Decke über den Kopf gezogen. Einschlafen, weinen. Aufwachen, weinen. Dazwischen: Weinen. Nur das notwendigste: Atmen. Wenn er Kraft hat, die Notdurft zu verrichten, gut. Wenn nicht, dann lässt er es laufen. Alles. Er wird dieselbe Kleidung tragen, tagein tagaus, beginnen, stärker zu riechen als der Kuhstall nebenan. Sich blaue Flecken am ganzen Körper zuziehen, weil er gedankenlos gegen sämtliches Mobiliar im Haus läuft. Wieder und wieder wird er sich die Fingernägel in die Oberarme drücken und in die Schenkel, wird unentwegt versuchen, das Leid zu verlagern. Das wird wochenlang wiederholt, bis zu jenem Tag, an dem er eine Flasche Wodka trinkt. So eilig, dass ihm binnen wenigen Minuten schwarz vor Augen wird. Bewusstlosigkeit, Krankenhaus.

»Atmen, Herr Renninger.«

Nein, denkt der Herr Rudi.

»Sie müssen atmen.«

Nein, nein, nein.

Magen auspumpen, ein verzweifelter Vater, pikanter Tratsch im Dorf.

Die Hedi, die Gärtnerin, hat sich damals erbarmt, den Burschen in die Badewanne gesetzt, Wasser eingelassen und sorgsam gewaschen.

Sie hat ihn beschützt, eigentlich vor dem Vater. Hätte der Kurt Renninger gesehen, dass der Sohn es nicht mehr schafft, auf die Toilette zu gehen, dann wäre ein anderes Lied am Klavier gespielt worden. Trauer hin oder her. Also hat sie die angepinkelten Bettlaken gewaschen und gewechselt, seine mit Exkrementen verschmierten Pyjamas weggeworfen und neue gekauft, das Zimmer regelmäßig gelüftet und gewischt. Jeden Montag und Freitag neue Blumen aus dem Garten ins Zimmer gestellt. Die Hedi hat ihn gefüttert, weil er sonst vor jedem randvoll gefüllten Teller verhungert wäre.

»Ein Löffel, Bub.«

»Ich kann nicht.«

»Nur einer.«

»Ich kann nicht.«

»Schau. Das ist die Suppe, die meine Mutter immer gemacht hat.«

»Ich will sterben.«

»Ich weiß.«

»Wenn man jemanden so sehr liebt.«

»Ich weiß.«

»Ich mag kein Mensch mehr sein.«

»Ich weiß.«

»Bitte mach, dass das aufhört.«

»Ich würd dir so gern helfen.«

»Du liebst den Papa«, hat der junge Herr Rudi gesagt.

»Ja.«

»Und er?«

»Das ist schwierig.«

»Es tut so weh, Hedi«

»Ich weiß.«

»Wann hört das auf?«

»Das dauert.«

»Wie lange?«

»Manchmal ewig.«

Ein aufbewahrter Karton Marmelade. Den hat er überallhin mitgenommen. Zu Vorstellungsgesprächen, zum Arzt, zur Führerscheinprüfung, auf die Toilette, ins Bett. Jedes Mal, wenn man einen milden Versuch unternommen hat, ihm den Karton auszureden, oder sich vorsichtig bemüht hat, diesen wegzunehmen, hat der Herr Rudi einen Tobsuchtsanfall bekommen, der Menschen zurückweichen hat lassen.

»Bub, so geht das nicht weiter«, hat der Kurt Renninger irgendwann gesagt. Ein gekrümmter Mann war er, der Vater vom Herrn Rudi, mit einem dichten Schnurrbart und drei kleinen Fältchen zwischen Stirn und Nasenwurzel.

»Sieben Wochen«, hat der Sohn geantwortet.

Der Vater kennt diese seelenlose Stimme, weiß, dass die von ganz tief drinnen kommt, und sagt: »Nimm ein Bad. Danach geht's dir besser.«

»Ich will nicht.«

»Du musst dich waschen.«

»Wozu?«

»Glaubst, die Olivia hätte das gewollt?«

»Was?«

»Dass du dir das antust.«

Der junge Herr Rudi sitzt im Schneidersitz auf dem kalten Steinboden in der Küche, vor ihm das Livi-Marmeladen-Erbe. Er greift in den Karton, dreht behutsam den Deckel eines Marmeladenglases auf und legt ihn neben sich. Antworten sind heute ausverkauft. Auch die nächsten Tage. Stattdessen wird er den Rest des Herbstes damit verbringen, die gesamte Marmelade – bis auf ein Glas – mit den Fingern auszulöffeln.

In jenem Jahr muss erst der Winter kommen, bis der Bursche sich dazu entschließt, wieder am Leben teilzunehmen und zu sagen: Okay.

Monate danach, als er den Vater gefragt hat, ob er die Hedwig nicht hereinrufen möchte – nach all den Jahren –, um gemeinsam mit ihnen zu Mittag zu essen, ist dieser weiß im Gesicht geworden. Die sonst sehr freundlichen Gesichtszüge des Vaters haben sich verfinstert.

»Warum denn nicht?«, hat der junge Herr Rudi gefragt.

»Weil sich's nicht gehört.«

»Ich weiß, dass du sie magst.«

Dunkle Wolken über der Stirn vom Vater, eisiges Schweigen.

»Mich stört das nicht. Die Mama hätt auch gewollt, dass du dich verliebst.«

»Jetzt passt du schnell auf, was du sagst. Sonst setzt es was.«

Mit trägen Schritten und einer Zigarette im rechten Mundwinkel ist der Kurt Renninger aus der Küche gegangen, weg vom Sohn und diesen Behauptungen. Einziehen in das Haus hat die Hedi nie dürfen. Zwei Monate nachdem sie gestorben ist, ist der Vater nachgefolgt. Bis zum Schluss hat er alles verleugnet.

Seine letzten Worte: »Pass schnell auf, was du sagst. Sonst setzt es etwas.«

Aber mit einem Lächeln im Gesicht.

Es KLOPFT an der Zimmertür.

»Zimmerservice, Herr Renninger.«

»Kommen's rein«, ruft er. Der Herr Rudi hat nämlich, bevor er in die Badewanne gestiegen ist, bestellt und bestellt und bestellt.

Die Zimmertüre geht auf, und der Angestellte bleibt auf halbem Weg stehen, als er den alten, nackten Mann auf allen vieren sieht, den Kopf an die Wand gelehnt.

»Nicht so schlimm«, beschwichtigt der Herr Rudi, »Hexenschuss. Das hört wieder auf.«

»Um Gottes willen … soll ich einen Arzt holen?«

»Nein, aber eine Decke wäre sehr nett.«

Der junge Mann geht zum Bett, hält kurz inne und holt die Decke. Er legt sie vorsichtig über den Rücken des Gastes.

»Brauchen Sie ganz sicher keine Hilfe?«, fragt er.

»Das passiert manchmal.«

»Was soll ich mit Ihrem Essen machen?«

»Einfach hierher auf den Boden, bitte schön.«

»Ich kann Ihnen wirklich …«

»Hunger. Das andere wird schon wieder.«

Der Hotelangestellte nickt, dreht sich um und schließt zögerlich die Türe hinter sich.

Mit der linken Hand hebt der Herr Rudi das Steak hoch und beißt ein großes Stück davon ab. Dann, auf einmal, entwickelt er einen rasanten Appetit und hat das Gefühl: Wenn du jetzt nicht den gesamten Teller leer isst, Rudi, dann verpasst du ein Stück vom Leben. Also schaufelt er sich abwechselnd mit der linken und rechten Hand Fleisch, Kartoffelpüree, Salat und Soße in den Mund, bis er Schluckauf kriegt. Nach einer Weile schiebt er den Teller von sich und versucht, sich aufzurichten.

Der Körper sagt: Nein.

Beeil dich, denkt der Herr Rudi, irgendwem wird er es erzählen, der hat doch bestimmt die Waffe auf dem Bett liegen sehen.

ZWÖLF SCHRITTE bis zum Balkon. Vierter Stock.

Vor ihm liegt die Waffe, die er dem Fritz gestohlen hat.

Er überlegt, ob die Livi noch was spüren kann in der Ewigkeit, ob sie jemand anderen gefunden hat. Und was der Herr Rudi dann noch bedeutet.

Vor achtundvierzig Stunden hat er Wien verlassen und nicht mehr zurückgeschaut.

Wie würde der Herr Rudi das Leben zusammenfassen, wenn man ihn fragen würde? Möglicherweise so:

Es gibt Dinge, die schön sind, und Dinge, die wehtun.

Und jetzt?

Zwei Tage zurück, bitte schön.

»Machen's endlich auf. Ich höre, wie Sie sich bewegen«, sagt der Herr Rudi gelassen.

Was einen davor schützt, dass der Herr Rudi zu Besuch kommt: entweder Schulden zahlen oder – wenn man in der glücklichen Lage ist – erst gar keine machen.

Am letzten Tag vor seinem Ruhestand klopft der Herr Rudi also um sechs Uhr morgens erneut an eine Tür. Im Laufe seines Berufslebens hat er unzählige Türen berührt. Wackelige Türen, Sozialbautüren, geförderte Mietwohnungstüren, Türen von Eigentumswohnungen, offene Türen (weil Mieter manchmal verschwinden, bevor sie delogiert werden können), Sicherheitstüren, Türen, von denen die

Mieter nur glauben, dass es Sicherheitstüren sind, und so weiter.

Er hört das Knirschen vom Boden hinter der Türe und drückt die Klingel noch fester, noch dringlicher.

Was glauben die Menschen denn, denkt der Herr Rudi, dass Probleme weggehen durch das Weghören? Oder durch konsequentes Nichthinschauen, wenn Rechnungen zu Mahnungen zu Inkassobriefen zu Anwaltskosten und letztendlich zu Exekutionen werden, obwohl sie hysterisch kreischen vor hingebungsvoller Nichtbeachtung?

Er wartet und wartet. Ungeduld zieht sich vom Hals in die Stirnfalten und retour bis in die kalten Zehen. Kalt wegen der Stoffschuhe. Converse, die hat er damals von seinen Quasi-Patenkindern zu Weihnachten bekommen. Vier Paar.

»Weil du cool bist, Onkel Rudi«, haben sie gesagt.

»Okay«, hat er geantwortet, die Schuhkartons entgegengenommen und den Jungen – wie jedes Jahr – seinerseits je ein rotes Weihnachtskuvert mit Geld zugesteckt. Einkaufengehen, *Shoppen,* wie die Leute sagen, das ist ihm immer schon ein Gräuel gewesen. Und deshalb, mehr aus Bequemlichkeit als aus Style motiviert, trägt er tagein, tagaus diese Stoffschuhe. Vielleicht, denkt er, hätten die Menschen weniger Schulden, wenn die Marken nicht so glücklich machen und Barfußgehen weniger wehtun würde.

»Moment«, hört er. Angst. Die zu riechen, hat er in all seinen Berufsjahren gelernt. Die Türe wird geöffnet.

Und dann ist dieses »Rehlein dagestanden«, wird er dem Fritz später im Chinarestaurant bei seiner Verabschiedungsfeier erzählen, »das hat gezittert, als wär's ganz allein und einsam auf dieser Welt.«

»Ich hoff, sie kommt heute Abend noch vorbei«, wird der Fritz antworten und dem Herrn Rudi warmen Pflaumenwein nachfüllen.

Er tritt ein. Das Erste, was ihm auffällt, ist, dass die Frau stur auf den Boden blickt, als würde sie Murmeln suchen. Der Herr Rudi möchte sich auf die Knie fallen lassen, auf den hellgelben Teppich, um ihr beim Suchen zu helfen.

Was hast du denn verloren, du Rehlein? Und was ist dir passiert, dass jemand wie ich jemanden wie dich besuchen kommen muss?

Seine Miene konkurriert immer mit seinen Gedanken. Das sind beim Herrn Rudi zwei verschiedene Zustände. Sein Gesicht sagt: Geld her, bitte schön. Sonst geh ich mich in der genüsslichsten Ruhe umschauen, was es denn für feine Sachen in dieser Wohnung gibt, die man zu Geld machen kann. Seine Gedanken sagen: So kurz vor dem Ruhestand musst du nicht mehr anfangen mit Verlieben-auf-den-ersten-Blick, du altes Rindvieh.

»Was machen wir?«, fragt der Herr Rudi und legt seine Mappe mit den Exekutionstiteln in A4-Format vor der Schuldnerin auf den Couchtisch.

»Haben's Bargeld?«, fragt er ein bisschen freundlicher, nachdem er auf die erste Frage als Antwort einen erschrockenen Blick und einen gesenkten Kopf erhalten hat. Die Schuldnerin ist Anfang dreißig und bankrott.

»Schauen Sie«, sagt er, »Angsthaben bringt nichts. Aber irgendwie müssen wir das hinkriegen.«

»Wieso wir?«

»Brauchen Sie keine Hilfe?«

»Schon. Irgendwie.«

»Eben.«

»Manchmal wird das alles zu viel«, sagt das Rehlein.

»Das kenn ich.«

»Haben Sie auch Schulden?«, fragt sie den Herrn Rudi nach einer andächtigen Pause.

»Nein.«

»Dann wissen Sie eben nicht, wie das ist.«

»Ich seh jeden Tag, wie das ist, junges Fräulein. Darf ich mich hinsetzen? Ich muss ein Vermögensverzeichnis mit Ihnen ausfüllen.«

»Wohnzimmer«, antwortet sie.

»Okay.«

»Sie sind neu.«

»Ich bin seit über dreißig Jahren in diesem Beruf.«

»Bei mir, mein ich. Vorher ist immer eine Frau gekommen.«

»Krankheit.«
»Wie geht es ihr?«
»Darüber darf ich keine Auskunft geben.«
»Kaffee?«
»Nein, danke.«
»Blaubeeren?«
»Wieso Blaubeeren?«
»Weil sie gut schmecken.«
»Ich will Geld. Wegen der Forderungen, mein ich.«
»Aber wollen Sie auch Blaubeeren?«
»Krieg ich das eine, wenn ich das andere nehm?«
»Ich hab kein Geld.«
»Dann nehm ich Kaffee. Und vielleicht doch ein paar Beeren.«

Das Rehlein dreht sich wortlos um, geht in die Küche. Er hört sie herumhantieren und überlegt, ob er die Schuhe ausziehen soll, weil er fast vergessen hat, warum er hier ist, und es sich mit einem Schlag wohlig anfühlt. Der Herr Rudi hat wirklich immer kalte Zehen, wegen einer Durchblutungsstörung. Und wenn die mal warm werden, dann bedeutet das etwas.

»Sie wissen, dass die Schulden nicht weniger werden«, sagt er, als sie ins Wohnzimmer kommt.
»Ich weiß.«
»Irgendwann müssen Sie beginnen, das alles abzuzahlen.«
»Ich weiß.«
»Sie sind noch jung.«
»Ich hab Panikattacken und Exekutionen. Damit finde ich keinen Job. Eines davon ist schlimm genug. Beides ein Desaster.«
»Schuldnerberatung?«

»Die sagen mir immer dasselbe.«

»Nämlich?«

»Privatkonkurs.«

»Eine Rate monatlich. Nach einem absehbaren Zeitraum sind Sie frei.«

»Ich will das nicht.«

»Was ist passiert bei Ihnen, wenn ich fragen darf?«

Er schüttet endlos Zucker in den *Hard-Rock*-Kaffeebecher.

»Falsch verliebt.« Sie wischt mit sanften Bewegungen unsichtbare Dinge vom Couchtisch, was der Herr Rudi versteht, er kennt sich ja aus mit Geistern.

»Was heißt das, falsch verliebt?«, fragt er und fixiert eine grüne Schale mit Blaubeeren, die in der Mitte des Couchtisches steht.

»Es heißt, was es heißt«, antwortet sie.

»War's grausig?«

»Ja«, antwortet sie.

Der Herr Rudi stellt sich Schlimmes vor.

»Wie viele sind es?«, fragt das Rehlein und meint die Exekutionstitel, die aus jener schwarzen Mappe des Gerichtsvollziehers hervorstehen, in der das Unglück vieler Menschen festgehalten worden ist.

»Zwölf«, antwortet der Herr Rudi, nachdem er alle durchgeblättert hat.

»Fuck«, sagt sie.

»Kann man so sagen«, antwortet er.

Die Schuldnerin betrachtet seine Schuhe.

»Converse. Geil. Kann ich mir nicht leisten.«

»Was mögen Sie denn so?«, fragt der Herr Rudi aus Verlegenheit.

»Ach.«
»Nichts?«
»Ich weiß nicht.«
»Sie mögen Blaubeeren.«
Sie sieht ihn an, er sieht sie an.

Man muss dazusagen, der Herr Rudi ist nicht gänzlich unattraktiv für sein Alter, er hat sich gut gehalten, Bäuchlein hin oder her. Sie beginnt, mit der rechten Handfläche Unsichtbares vom Tisch zu wischen. Vielleicht sehr kleine Geister, so genau kann man das schließlich nie wissen.

Die Livi sitzt die meiste Zeit neben dem Herrn Rudi, hört aufmerksam zu, liebäugelt mit den Blaubeeren, wandert durch die Räume, schaut sich die Exekutionstitel an. Studiert deren Inhalt, als würden Schulden einen Sinn ergeben. Legt sich bäuchlings auf den Boden und betrachtet den Moment mit einer kindlichen Neugier. Hin und wieder wirft ihr der Herr Rudi einen strengen Blick zu. Das Problem mit der Olivia ist, dass man sie schwer einschätzen kann, weil sie schnell und leise agiert, wie ein Auftragsmörder.

»Was würden Sie machen?«, fragt das Rehlein.

»Zwei Jobs, alles so schnell wie möglich abzahlen. Zinsen sind das, woran man ewig kaut.«

»Stellen Sie sich vor, Sie haben richtig Lust auf das Leben. Aber hinter jeder Ecke lauert jemand, der Sie garantiert ersticken will und wird. So sind chronische Panikattacken.«

»Auweh.«
»Ja.«
»Und woher kommen die?«
»Ich hab eine Wohnung verloren.«
»Delogiert?«, fragt er.

»Ich hab gedacht, egal. Ein Neustart und dann wird wieder alles gut. Von einem Tag auf den anderen hab ich dann aber keine Luft mehr bekommen, das kommt ganz plötzlich. Aber mit der Zeit entwickelt man Techniken.«

»Zum Beispiel?«

»Überleben.«

»…«

»…«

»Mir tut das leid«, sagt der Herr Rudi schließlich.

»Mir auch.«

»Und warum Blaubeeren?«

»Immer wenn ich eine Panikattacke habe, setz ich mich hin und versuch, meine Atmung zu beruhigen. Ich zähle die Beeren in der Schale.«

»Sie verlassen die Wohnung gar nicht?«

»Tagesverfassungsabhängig.«

»Und wenn eine Panikattacke kommt, während Sie nicht zu Hause sind?«

Das Rehlein sieht ihn erstaunt an. Sie kramt in ihrer Tasche und zieht ein transparentes Frischhaltesäckchen hervor, randvoll gefüllt mit Blaubeeren.

»Clever«, sagt er.

»Ich teil mit Ihnen«, sagt sie.

Das Rehlein geht in die Küche. Der Herr Rudi bleibt sitzen und beginnt, die kleinen Kügelchen in der Schale zu zählen. Als sie zurückkommt, hält sie ihm ein kleines Säckchen Beeren entgegen.

»Weil man nie wissen kann?«, fragt er.

Er betrachtet ihre Fingernägel. Gelber Nagellack mit Glitzersteinchen.

»Genau«, antwortet sie.

»Danke.«
»Schon okay.«
»Darf ich etwas fragen?«
»Was?«
»Haben Sie Lust auf Chinesisch morgen Abend?«
»Keine Ahnung.«
»Mögen Sie Chinesisch?«
»Ich weiß nicht.«
»Es ist meine Ruhestandsfeier.«
»Ich kenn Sie doch gar nicht.«
»Okay.«
»Und meine Panikattacken.«
»Verstehe.«
»Sie wollen mir meine Sachen wegnehmen.«
»Ich eigentlich nicht.«
»Ist das ein Trick?«
»Trick?«
»Was wollen Sie von mir?«
»Hab nur gedacht: Ich würd Sie gern kennenlernen. Plaudern.«
»Sind wir fertig?«
Professionalität, Rudi.
»Sie haben nichts verschwiegen?«, fragt er das Rehlein.
»Nein.«
»In letzter Zeit Geld erhalten?«
»Nein.«
»Geld verschenkt?«
»Nein.«
»Wem etwas geliehen?«
»Was geliehen?«
»Geld?«

»Nein.«
»Besitzen Sie ein Auto, Häuser, ein Sparbuch?«
»Nein.«
»Hier noch eine Unterschrift.«
»Und jetzt?«
»Alles erledigt.«
»Gut.«
»Ich wollte nicht …«
»Lassen Sie mich in Ruhe.«
»Es tut …«
»Können Sie jetzt bitte gehen, ich krieg keine Luft mehr.«
Auf dem Weg zurück ins Bezirksgericht hält sich der Herr Rudi an seinem Säckchen Blaubeeren fest.

Lange nach Dienstschluss liegt er in Embryonalstellung auf dem Wohnzimmerboden. Die Wohnung ist still, der Rücken vom Herrn Rudi gekrümmt. Aus der Ferne kann er Salzburg flüstern hören:

Oh, Rudi, ich hab dich so vermisst,
Auch wenn du nicht mehr der von damals bist.
Die Olivia ist vor dir gegangen,
Du hast sie so gern eingefangen

»Okay«, sagt der Herr Rudi. Okay. So intensiv und kurzweilig wie eine Grippeimpfung. Aber eigentlich ist es gestohlen, das Okay. Von dem einzigen Menschen, den er nie bestehlen wollte.

Der junge Herr Rudi hat damals gesagt: »Ich lieb dich, Livi. So, dass ich's nicht mehr aushalte.«

Und der Bursche hat gehofft, sehnsüchtig hat er gehofft, auf die süße Erlösung. Und die Erlösung kam in Form von Randrücken. Die Livi hat sich rangedrückt mit dem gesamten Gewicht, und sie war so wow. So perfekt zu viel, dass er hätte schreien können vor Glück.

»Vogi«, hat sie gesagt.

»Livi«, hat er geantwortet.

»Okay.«

»Okay« war ihre Antwort auf »Ich liebe dich«.

Und »Okay« auf »Wollen wir Eis essen gehen«.

Und »Okay«, wenn nichts anderes mehr einen Sinn ergeben hat.

Dann, in einer regnerischen Nacht (weil es meist regnet, wenn etwas Bedeutsames passiert und sich Dinge verschieben zwischen Menschen), hat der Herr Rudi Renninger die Frage aller Fragen gestellt, und zum ersten Mal hat die Livi nicht »Okay« gesagt, sondern: »Nein.« Nachher, als er gefragt hat, warum, warum willst du mich nicht heiraten, hat die Livi sich kurz umgedreht zu ihm und gesagt: »Ich werd sterben«, und weiter in dem Topf mit Marmelade gerührt.

Da hat man das Splittern im Inneren vom Herrn Rudi laut und deutlich hören können.

»Aber warum?«, fragte er.

»Ich weiß es nicht.«

»Sag was.«

»Was.«

»Ich mag dich trotzdem heiraten.«

»Ich bin krank, Rudi.«
»Das ändert nichts.«
»Und dann?«
»Essen wir für immer Marmelade.«
»Immer gibt es nicht mehr.«
»Sag nicht solche Sachen, Livi.«
»Wann möchtest, dass wir uns verheiraten?«
»Sofort.«
»Und wie?«
»Mit dem ganzen Herzen.«
»Dann sind wir schon verheiratet.«
»Okay«, hat der Herr Rudi geantwortet.
Er hat nicht verstanden, was es bedeutet, dieses Nicht-mehr-da-Sein.
Der junge Herr Rudi hat in den darauffolgenden Wochen mit dem Teufel getanzt, an Wegkreuzungen gewartet und eine Zigarette nach der anderen geraucht. Alles versprochen, wenn die Olivia dafür wieder krebsfrei würde.
»Weißt du«, hat sie eines Nachts gesagt.
»Ja?«
»Ich hätt das so gern gespürt.«
»Was denn?«
»Schwanger sein.«
Vielleicht war die Seele vom Herrn Rudi dem Teufel zu langweilig.

Er liegt auf dem Rücken, starrt an die Decke und hört der Livi beim Atmen zu, das ist alles, was er hört, Livis Atmen. Wenn eine ganze Welt in den Händen zerbricht, wird es für einen Moment zwischen dir und dem Universum ganz, ganz still.

Eigentlich wollte er heute Morgen an seinem letzten Arbeitstag und nach der Begegnung mit dem Rehlein pünktlich im Gericht sein. Aber dann hat er Schmerzen gespürt. An einer Stelle, wo er noch nie zuvor, wirklich sein ganzes Leben lang noch nie Schmerzen gehabt hat.

Er hat ihn gewohnt routiniert rauf und runter geführt, rauf und runter, sachte, dann schneller, dann gewartet und gedacht: Komisch. Irgendetwas fühlt sich nicht richtig an.

»Gleich wird's wehtun«, sagt die Livi und sieht dabei zu, wie sich ein schmerzliches Stöhnen von den Hoden in den Bauch, in den Hals und schließlich aus dem Mund vom Herrn Rudi kämpft. Ein Indianer, vor allem ein alter, der kennt keinen Schmerz. Aber dieser Schmerz war hartnäckig. Jedes Mal, wenn er sich hingesetzt hat, egal, wie und wo, hat das einen Schrei in seinem Intimsten ausgelöst und eine Ader an seinem Kopf hervortreten lassen.

Und wenn es etwas Ernstes ist? Manche fallen kurz vorm Ruhestand ja einfach um. Sein Körper wälzt sich unruhig im Bett herum. Ein Polster, eine Decke, ein kleines Licht auf einem kleinen Beistelltisch. Die Nacht und der Herr Rudi, keine guten Freunde. Manchmal wacht er auf, dreht sich zur Seite, riecht die Olivia und pustet ihr die Stirnfransen aus der Stirn. Hin und wieder entsteht sogar eine durch und durch vernünftige Unterhaltung. Meistens aber nicht.

»Ich versteh das schon«, sagt der Herr Rudi, wenn er nach einiger Zeit merkt, dass sie den roten Faden – eigentlich alle Fäden samt Zusammenhang – verliert. Die Livi weint dann bitterlich, manchmal stundenlang, weil sie doch so viel zu erzählen hat. Wenn man sich nicht mehr erinnern kann, wie das mit den Worten funktioniert, eine grausame Angelegenheit.

Der Herr Rudi kann oft nicht einschlafen, dann ruft er den Fritz an. Weil der Fritz ist meistens

»Eh nicht müde.«

»Sicher?«, fragt der Herr Rudi.

»Alles gut. Was machst?«

»Kann nicht schlafen.«

»Das kenn ich. Hast du Netflix?«

»Nein. Vielleicht eine andere Krankheit.«

»Ah, geh. Du wirst hundert Jahre alt. Mindestens.«

»Wer will denn so was, bitte schön.«

»Gar nicht so wenige, eigentlich. Wenn du dir anschaust, wie viele der Jugend hinterherrennen. Und dann pass auf: Erwischen tut es trotzdem alle.«

»Scheint so«, antwortet der Herr Rudi, legt sich ins Wohnzimmer auf den Teppich und fügt hinzu: »Ich fühl mich gar nicht alt. Nur manchmal.«

»Das Problem ist«, antwortet der Fritz, »ab einem gewissen Punkt vergeht es so schnell.«

»Was denn?«

»Das Leben. Egal, wie man sich fühlt.«

»Jetzt kann ich erst recht nicht einschlafen.«

»Denkst an sie?«

»Immer.«

»Wollen wir nach Grödig fahren?«

»Heute nicht.« In Grödig, da hat die Livi gewohnt.

»Aber es wär ein Abenteuer, Rudi.«

»Irgendwie schon.«

»Aber?«

»Ich weiß nicht. Es fühlt sich so lang her an.«

»Treffen wir uns dann eben in der Praterallee und gehen spazieren?«

»Jetzt?«

»Ja.«

»Ich kann mit Wien nichts mehr anfangen, Fritz.«

»Ich weiß.«

»Ich hab so lang durchgehalten.«

»Ich weiß.«

»Fritz?«

»Rudi?«

»Ich bin müde.«

»Schlaf gut.«

»Okay.«

Ob der Herr Rudi sobald wie möglich, »schnellstens« sozusagen, mit einer Chemotherapie beginnen möchte.

»Ich weiß nicht«, antwortet der Herr Rudi.

»Wenn Sie meine Meinung hören wollen.«

»Okay.«

»Ich würde Ihnen raten, dringend – und das heißt sofort – mit einer Chemotherapie zu beginnen.«

»Hilft das denn noch was?«

»Ich glaube, dass es manchmal hilft, an Wunder zu glauben«, antwortet der Onkologe.

»Da haben Sie wahrscheinlich recht«, sagt der Herr Rudi freundlich.

Wenn sich deine Gesundheit von dir scheiden lässt, gibt es nicht mehr viel zu sagen. Mindestens haltbar bis.

Sanft redet der Arzt trotzdem auf ihn ein, informiert ihn über dieses und jenes, schiebt ihm ein paar Broschüren mit Adressen, E-Mailkontakten und Telefonnummern über den weißen Tisch. Von Papierverschwendung war der Herr Rudi noch nie sonderlich angetan. Soll man doch mit den wertvollen Ressourcen sinnvoller umgehen und die Natur zu Frieden lassen, bitte schön.

Irrsinn, denkt er, Irrsinn. Schließlich reißen sich Bäume ihre Stämme auch nicht samt den Wurzeln aus der Erde, attackieren Menschen und hacken ihnen Beine, Arme und Köpfe ab, um Brennstoff für kalte Nächte und andere absonderliche Dinge zu generieren.

Er fühlt sich von dem Arzt gemustert. Dabei hat der Herr Rudi heute sein allerliebstes Lieblingsoutfit an. Schwarze Converse mit neongrünen Schnürsenkeln. Eine klassische Jeans, bis über den Bauchnabel hochgezogen, ein dünner, brauner Gürtel. Kurzärmeliges Poloshirt. Der Bauch gehört zum Herrn Rudi dazu, standardmäßig sozusagen, genau wie die grauen Stoppelchen auf seinem Kopf.

Später, nachdem er aus der Praxis vom Onkologen raus ist, denkt er, dass es schade ist.

Salzburg im Ruhestand wäre so fein gewesen. Vielleicht ein Hund, wegen der Gesellschaft. Jedes Wochenende brunchen im Wernbacher. Der Mönchsberg und Sonnenuntergänge, die ewig dauern. Der Dom, die Festung Hohensalzburg, Senioren-Yoga jeden Dienstag- und Donnerstagvormittag.

Schön hätte das werden können. So schön.

Aber jetzt, mit der Krankheit, das Elternhaus von der Livi kaufen, für das er seit so vielen Jahren gespart hat, das zahlt sich nicht mehr aus. Er kann schon. Theoretisch. Nur was wird dann aus dem Haus? Er hat keine Kinder, keine Frau, nicht mal eine versteckte Geliebte. Und ein Haus, das soll man füllen. Nicht mit Möbeln, aber mit dem Leben.

ABER RUDI, du machst weiter, denkt er, wenn du jetzt kneifst, dann kommt die große Depression, bevor die kleine überhaupt angefangen hat.

Erste Anzeichen eines herannahenden Unglücks hat er bereits vor einigen Wochen gespürt, sind ihm in Form von kleinen Kätzchen die Wirbelsäule entlanggetapst, haben ihm warnend ins Ohr geschnurrt und danach in die Hoden gebissen.

Geh zum Arzt, irgendetwas passt nicht, hat er da gedacht.

Geh zum Arzt, Rudi.

Wenn du dich so sträubst, dann wird's einen Grund haben.

Ach was, ich bin ein Indianer. Es ist nichts.

Gar nichts.

Nur, wenn ich mich hinsetze.

Nichts.

Vorsichtig hinsetzen, dann ist alles gut.

Wenn meine Hoden nirgends ankommen.

Gar nicht so schlimm.

Vielleicht doch.

Scheiße.

Fließen lassen, alles fließen lassen, dahingleiten wie gelbe Quietscheentchen.

Raus aus dem Bett und duschen gehen, anziehen, frühstücken. Eine halbierte Grapefruit, Haferflocken mit geschnittenem Apfel und warmer Milch. Kaffee: notwendig. Dann nackt vor dem Badezimmerspiegel tanzen, über den Regen nachdenken, weitertanzen. Hüften kreisen, kreisen, kreisen, Hände in die Höhe, Hände kreisen lassen, die Hüften bewegen sich weiter, immer weiter, der Herr Rudi macht eine Pirouette nach der anderen, bis ihm der ganze Kopf flauschig wird. *Macarena* hat den Herrn Rudi fest im Griff. Ein Zauber, dieses Lied. Da kann er nicht aus. Seine Hoden rebellieren.

»Okay«, sagt der Herr Rudi zu seinen Hoden, »dann bist du jetzt da, aber das berechtigt dich zu überhaupt nichts, du Dreck.«

Er tanzt gegen den Schmerz an, so gut er kann.

Tanzen, tanzen, tanzen.

Vier Uhr dreissig. Tagwache für den Herrn Rudi. Immer.

Er wackelt mit den Zehen, streckt sich genüsslich und denkt an den Regen. Eigentlich denkt über den Regen nach. Am liebsten hat er Schnee, aber der Regen macht etwas mit ihm. Für seinen Geschmack regnet es in Wien viel zu selten. Deshalb hat er sein Leben lang gespart. Für Livis Elternhaus in Grödig bei Salzburg. Da hat er damals nicht nur seinen allerersten, sondern auch seinen allerbesten Kuss bekommen. Ein allerbester Kuss muss für den Herrn Rudi nach selbst gemachter Zitronen-Orangen-Marmelade schmecken.

»Im Kopf wird es flauschig, noch bevor man sich überhaupt küsst, bitte schön!«, hat er dem Fritz verkündet.

»Aha«, hat der Fritz geantwortet.

Manchmal legt er sich Orangenschalen auf den Bauchnabel. Der Herr Rudi fühlt sich wohl mit dem Gewicht von Dingen auf seinem Bauchnabel. Nackt und ausgestreckt auf einem flauschigen, gelben Hochflor-Teppich liegen und die Decke anstarren. Gelegentlich die Finger und Zehen bewegen. Warten, bis seine Haut eins wird mit dem Teppich, und versuchen, mit den Fingerspitzen die Textilfasern zu zählen. Der Herr Rudi reibt den nackten Hintern mit sanften Bewegungen hin und her und hin und her und versucht, die Schalen von seinem Bauch rutschen zu lassen. In regelmäßigen Abständen erreichen ihn feine Geruchswellen.

Vor vier Monaten dann der Blick auf sein Sparkonto. Der Herr Rudi hat gedacht: Jetzt ist es so weit. Pack deine Sachen, du ziehst nach Grödig. Die Zehen in die Königsseeache halten, bis sie taub sind von der Kälte. Dem Wasser zuschauen und Steinchen werfen. Die Tage wegatmen. Jede Urlaubs- und Weihnachtszulage hat er eisern gespart.

Seit Jahren wohnt in dem Haus ein pensioniertes Lehrerehepaar. Nachdem er den Fritz damals kennengelernt hatte, hat er ihn gleich einmal um einen Freundschaftsdienst gebeten und am Livi-Haus Kaufinteresse bekundet.

Sozusagen.

»Sei kein Schwein und komm mit«, hat er damals zum Fritz gesagt.

»Das ist Erpressung.«

»Bitte, bitte?«, fragt der Herr Rudi.

»Ich weiß nicht.«

»Jetzt komm.«

»Du hast gesagt: Männer-Wochenende!«

»Wirst jetzt zickig?«

»Wein und wandern, Rudi!«

»Machen wir doch noch.«

»Wann?«

»Nachher.«

»Es ist zehn am Abend.«
»Jetzt sei ein Freund.«
»Ich bin müde und kein Freund.«
»Was willst?«
»Wie kommst du darauf, dass ich was will?«
»Ich kenne dich.«
»Wein.«
»Okay.«
»Und auf einen Berg.«
»Okay.«
»Und Angeln am Sonntag, bevor wir nach Wien zurückfahren.«
»Also bist dabei?«
»Ja«, antwortet der Fritz nach ein paar Sekunden Bedenkzeit.
»Schau. Ich muss es sehen. Ich muss wissen, wer dort wohnt.«
»Die Livi ist weg.«
»Das weiß ich.«
»Und trotzdem?«
»Und trotzdem ist sie irgendwie noch dort.«
»Was weiß man«, hat der Fritz geantwortet, seine Autoschlüssel geholt und seinen Freund in einer elendig heißen Sommernacht nach Grödig gefahren.
»Mein Angelzeug«, sagt der Herr Rudi, nachdem sie angekommen sind.
»Ja?«
»Ich hab's in Wien vergessen.«
»Ich weiß.«
»Sauer?«
»Du bist eine Sau.«

»Tut mir leid.«
»Passt schon.«
»Dort vorne ist es. Siehst es?«
»Das gelbe Haus?«
»Ja. Ich will es kaufen. Irgendwann.«
»Das ist eine gute Gegend. Das Haus wird nicht leer stehen.«
»Und noch was.«
»Was?«
»Ich hab ein Marmeladenglas im Keller versteckt. Damals.«
»Das ist jetzt nicht dein Ernst.«
»Schau, ich brauch's. Es ist das letzte. Orangen-Zitronen-Marmelade. Hat sie selbst gemacht. Bevor sie gestorben ist.«
»Bringst du wirklich die Die-Liebe-meines-Lebens-ist-tot-Karte auf den Tisch?«
»Ja.«
»Du Sau.«
»Ich weiß.«
»Einbrechen, damit du dein Marmeladenglas kriegst. Richtig?«
»Korrekt.«
»Und wenn es nicht mehr da ist?«
»Es ist noch da.«
»Du bist ein sturer Hund.«
»Gibst mir die Stirnlampe aus dem Handschuhfach?«
»Hier.«
»Danke.«
»Und jetzt?«
»Ich komm gleich.«
»Du ziehst das jetzt wirklich durch, oder?«

»Schau zu«, antwortet der Herr Rudi, zieht sich die Stirnlampe über den Kopf und steigt aus dem Auto.

Er hat immer sofort den Geruch von Marmelade in der Nase, wenn er sich dem Elternhaus von der Livi nähert. Die hat nämlich im letzten Sommer ihres Lebens all ihre Energie in das Marmeladekochen investiert. Zur Ablenkung vor der herannahenden Ewigkeit. Der Wiener Bub und das Salzburger Mädel.

»Du bist mein liebstes Vogi«, hat sie gesagt, sich an ihn gedrückt und ihm die stämmigen, gebräunten Arme um den Hals gelegt. »Okay«, hat er geantwortet. So wie in: Okay, ich bin alles für dich, was du willst, das ich bin.

Manchmal ist es auf dem Land so, vor allem im Sommer, dass man es nicht so genau nimmt mit dem Absperren von der Haustüre. Weil, wie oft passiert denn statistisch etwas? Meist nur den Nachbarn oder Leuten aus der Zeitung. Heutzutage ist man vorsichtiger, aber damals, am Männer-Wochende vom Herrn Rudi und vom Fritz, da hat es gut zusammengespielt, weil die Frau vom Herrn Weninger ihren Buchclub in Anif gehabt und ihre Schlüssel zu Hause vergessen hat. Der Ehemann hat die Türe unversperrt gelassen und ist schlafen gegangen.

Rechnet ja keiner damit, dass kurz vor Mitternacht auf einmal der Herr Rudi bei einem im Keller steht, herumleuchtet mit der Stirnlampe und versucht, eine Holzplanke mit den Fingern zu lösen, um versteckte Schätze zu finden.

Der Fritz hat so dringend müssen, dass er nicht mehr anders gekonnt hat, als sich die Hose aufzumachen und in den an den Garten anliegenden Bach zu pinkeln, und da hat er's Knirschen gehört im Hof.

»Rudi, pssst.« Der Fritz ist vor dem Küchenfenster auf und ab gehüpft, als ob er auf einem Trampolin springt. Es wäre eine interessante Schlagzeile in der Zeitung gewesen: Wiener Gerichtsvollzieher geht nach Salzburg einbrechen. Weil: Natürlich sind sie erwischt worden.

»Zwei Möglichkeiten, Herr Renninger, für Sie und Ihren Freund. Entweder ich rufe jetzt die Polizei, oder Sie erklären mir, was Sie auf meinem Grundstück zu suchen haben.«

»Es ist so«, sagt der Herr Rudi gelassen und schaut kurz zum Fritz, der weiß im Gesicht und zu einer Statue erstarrt ist. Der Herr Rudi erzählt, erzählt, erzählt. Der Anton Weninger hört bis zum Schluss erstaunlich aufmerksam zu.

»Holen Sie sich das Marmeladenglas, und dann gehen Sie«, sagt er.

Der Herr Rudi hat so ein schlechtes Gewissen gehabt, dass er seither jeden Sommer für eine Woche nach Grödig gekommen ist, zum Katzensitten, wenn der Anton und die Emilie Weninger nach Bibione gefahren sind.

Acht Jahre danach ist die Frau vom Herrn Weninger gestorben. Der hat dem geläuterten Einbrecher angeboten, dass er das Haus kaufen kann. Nicht nur wegen der Geschichte mit dem Marmeladenglas. Auch wegen der Freundschaft zum Anton einerseits und zu den zwei Katzen – Raimund und Richard – andererseits.

Und der Herr Rudi hat gesagt: »Okay.«

Damals war damals. Aber manchmal ist Damals so nah, dass es nicht anders kann, als wehzutun. Der Herr Rudi drückt seine Wange an den Teppich, die Hände zwischen die Beine gepresst. So wippt er hin und her und hin und her. Er spürt fast nichts. Eine Fehldiagnose, möglicherweise.

So was kommt vor.

»Du fühlst dich nicht krank«, sagt die Livi und legt sich ganz nahe zu ihm, fast Nasenspitze an Nasenspitze. Aber eben nur fast.

»Nein.«

»Ruf deinen Freund an. Sag's ihm.«

»Wozu?«

»Sag es irgendwem.«
»Es ist, wie es ist.«
»Ich weiß.«
»Kannst du mich halten, Livi?«
»Ich will.«
»Probier's. Bitte.«
»Ich will, ich will.«
»Bemüh dich. Vielleicht spür ich was.«
»Hallo?«
»Livi.«
»Hallo, hallo?«
»Scheiße.«

Was machst du da, Rudi, was machst du da? Mach irgendetwas anderes, nur nicht so weiter.

»Die Bella-Palma-Pizzeria wär jetzt fein«, hat der Fritz erst letztens wieder gesagt.

»Weißt noch vor fünfzehn Jahren am Wolfgangsee, mit deinen Buben?«, hat der Rudi gefragt.

»Ja.«

»Das war schön. So richtig.«

»Stimmt. Alles okay?«

»Warum nicht?«

»Weil du so spontan angerufen hast. Normalerweise planst du.«

»Ah geh.«

»Brauchst was?«

»Mir war einfach danach.«
»Okay.«
»Ich hab das Geld beisammen, Fritz.«
»Echt?«
»Ja.«
»Steht das Haus noch zum Verkauf?«
»Ja.«
»Kaufst es?«
»Ich weiß nicht.«
»So lang hast gespart.«
»Ruhestand. Das ist irgendwie so: Ab jetzt passiert dann nichts mehr. Warten auf den Tod.«
»Ein bisschen dunkel, Rudi.«
»Ah geh.«
»Ich bin verliebt«, sagt der Fritz.
»Du bist immer verliebt.«
»Diesmal richtig.«
»In wen?«
»Kennst du nicht.«
»Ist es schön?«
»Sehr.«
»Das ist wichtig.«
»Ich denk mir: So alt und noch immer so viel Energie.«
»Ich?«
»Ich.«
»Wie alt ist sie?«, fragt der Herr Rudi nach dem ersten Schluck vom neuen Glas Wein.
»Vierzig.«
»Du scherzt.«
»Nein.«
»Sex?«

»Möglich.«
»Wie?«
»Mit langen Pausen.«
»Versteh.«
»Fehlt dir das Körperliche nicht, Rudi?«
»Schon.«
»Aber?«
»Ich sitz es aus.«
»Vielleicht, wenn du jemand anderem eine Chance gibst …«
»Das will ich.«
»Aber?«
»Ich bin schon so alt.«
»Ausrede.«
»Das ganze Hin und Her. Ich bin müde.«
»So, wie du das sagst, hört sich's anstrengend an.«
»Ich will nicht, Fritz.»
»Noch einen Wein?«
»Siehst, das will ich.«
»Zum Wohl, Rudi.«
»Zum Wohl, Fritz.«
»Mein Handy. Das ist immer ruhig.«
»Da verpasst du nichts.«
»Und dieses Whatsäb. Da komm ich nicht mehr mit. Kleine Bilder, die man sich schickt. Gibt sogar einen Kackhaufen.«
»Deine Buben haben mir früher Whatsäb geschickt. Aber dann hab ich nie geantwortet. Fast hätt ich die Hochzeit vom Älteren verpasst, weil ich die Einladung über dieses Whatsäb bekommen hab.«
»Gut, dass ich dich angerufen hab.«
»Ein Glück. Sonst hätt ich blöd geschaut.«

»Die Jungs lieben dich. Sehr.«
»Okay.«
»Weißt noch?«
»Was?«
»Was machen wir, wenn wir nichts machen können?«
»Ein Letztes geht immer noch.«
»Genau. Runter damit. Zum Wohl.«

Der Herr Rudi kann nicht mehr geradeaus schauen, fühlt sich betrunken zwischen den Augen, sieht die Livi im Bierlokal hin und her huschen, Unfug treiben und andere Gäste belauschen.

Er denkt an Salzburg, die Getreidegasse. Denkt sich in ein Meer von blauen, grünen, gelben, roten, schwarzen und rosa Regenschirmen japanischer Touristen.

Farbentauchen sozusagen.

MANCHMAL DENKT ER an die Trudi. Der Fritz hat das damals schwer lustig gefunden, zu versuchen, den Herrn Rudi und die Trudi an Heiligabend zu verkuppeln.

Zufälligerweise sitzt nämlich jedes Jahr beim gemeinsamen Weihnachtsessen mit dem Fritz und seiner Familie eine neue Bekannte am Tisch, die ebenso wie der Herr Rudi alleinstehend ist. Die Trudi allerdings – feuerrotes Haar, volle Lippen und lauter als ein Rettungswagen mit einem Herzinfarktpatienten – hat den Vogel abgeschossen. Weihnachten zweitausenddreizehn hat er sie wohlgenährt und angetrunken noch auf einen Kaffee zu sich nach Hause eingeladen. Weil sie eigentlich ziemlich nett war und der Herr

Rudi die Gesellschaft als angenehm empfand. Allerdings hat niemand damit gerechnet, auch der Fritz nicht, dass es die Trudi furchtbar anmacht, im erotischen Sinne, dass der Herr Rudi Gerichtsvollzieher ist.

Die gesammelte Erotik seines Lebens hat sich übrigens aus unerklärlichen Gründen immer im Wohnzimmer abgespielt. Energetisch vielleicht der beste Raum in seiner Wohnung, um intensiv ein paar konzentrierte Minuten Liebe zu machen.

Er hat Kaffee in einer zarten Porzellantasse zum Wohnzimmertisch getragen. Der Herr Rudi ist mit seinen großen Händen ein wenig ungeschickt, vor allem, wenn er nervös ist. Bei Damenbesuch wird ihm flau im Magen. Am äußeren Rand der Untertasse liegen zwei kleine, italienische Biscottini. Die legt er nur dazu, wenn er seinen Gast mag. Biscottini für Menschen, die ihn interessieren. In seiner Hand wankt und schwankt der Inhalt, kippt auf die weiße Seidenbluse von der Trudi und legt Dinge frei, die sich gewissermaßen abgezeichnet haben.

Wenn der Herr Rudi Brüste sieht, wird er nervös. Frauen sind im Grunde so wundersame Gestalten. Die können alles mit dir machen, und wenn's dann weggehen, nehmen sie den Zauber, das Schöne und die Brüste wieder mit.

Die Brüste von der Olivia waren die ersten, die er berührt hat. Da war er neunzehn. Er hat gedacht, das ist ärgstens wild, dass ich das alles anfassen darf.

Jetzt sitzen sie da, die Trudi und der Herr Rudi. Sie gekränkt und mit angesäuerter Miene, weil er so ungeschickt war, er beschämt, weil sie ihm das Gefühl gibt, ein kleines Kind zu sein.

»Magst du mich nicht küssen?«, fragt sie, als wäre er ihr Dinge schuldig. Am liebsten möchte er davonlaufen.

»Nein«, antwortet er wahrheitsgemäß.

Die Trudi entschuldigt und beruhigt sich wieder, der Herr Rudi ist kein nachtragender Mensch, macht ihr einen neuen Kaffee. Während der Kaffee langsam in die Kanne tröpfelt, wäscht er das Geschirr vom Vorabend ab, denkt: Gib ihr eine Chance. Wenn du dich auf nichts einlässt, dann wird dir nichts mehr im Leben passieren, bitte schön.

Als er zurückkommt, liegt sie nackt auf seinem Wohnzimmerteppich, und die Tasse in seiner Hand wackelt bereits.

»Bitte nicht«, presst er hervor, weil die Livi vielleicht genau in diesem Moment dort liegt. Der Herr Rudi weiß im Vorhinein nie, wo sie gerade ist. Und »bitte nicht« steht auch für: Zeig nicht alles her, ich möcht das selbst entdecken. Dieses offensichtliche, das Oberflächliche, die Zurschaustellung, da verliert er rasant den Appetit.

»Ach, komm her. Brauchst nicht schüchtern sein«, sagt sie.

Und der Herr Rudi denkt: Ui, ui, ui.

Er sieht alles. Im Sinne von: alles. Es ärgert ihn, dass sich etwas regt bei ihm, dass überhaupt irgendetwas an ihr ihn erregt, obwohl sein Kopf sagt: Sie wird nie nach Orangen-Zitronen-Marmelade schmecken. Trotzdem kommt er näher und noch ein bisschen näher zur Trudi. Setzt sich langsam neben sie. Sie beginnt, ihn zu streicheln. Er hofft zumindest auf den Geruch von Orangen. Die Trudi richtet sich auf. So schnell kann der Herr Rudi gar nicht schauen, plötzlich liegt er auf dem Rücken, sie auf ihm, und er hört nur mehr: »Oh Gott, oh Gott, oh Gott.«

»Entschuldigung«, sagt er.

»Oh Gott«, antwortet die Trudi und strahlt heller als der Weihnachtsbaum vom Fritz.

Den Rest kann man sich sparen, da geht's im Prinzip nur darum, dass die Trudi auf Dirty Talk steht und der Herr Rudi ein bisschen hilflos war, weil sie unrhythmisch auf ihm herumgeturnt, sich an ihm gerieben und geschrien hat: »Sag mir, dass ich Schulden hab, sag mir das!«

Zwei Weihnachten später war es eine feurige Italienerin mittleren Alters, frisch geschieden, mit großem Durst.

Beim Frühstück in seiner Küche: Er hört den Teller fliegen, bevor ihn die Hysterie erreicht.

»Porco dio!«, schreit sie. Und der nächste Teller fliegt.

Der Herr Rudi bleibt ihm Schlafzimmer sitzen und wartet ab. Gut, es gibt grundsätzlich Schlimmeres, als eine wütende, nackte Italienerin in der Küche stehen zu haben, aber was kann sein Geschirr denn dafür?

»Amore!«, fordert oder ruft sie. Er ist sich nicht sicher.

Vorsichtig bewegt er sich Richtung Italien, und dann sieht er sie da stehen, mitten im Scherbenhaufen.

»Es tut mir leid«, sagt er.

»Amore«, antwortet sie.

»Das hier«, sagt der Herr Rudi und nimmt das letzte, ungeöffnete Livi-Marmeladenglas vom Küchentisch, »gehört mir. Nicht öffnen. Not open, okay?«

»Porco dio!«, zürnt sie.

Ihm bleibt nichts anderes, als seine Marmelade zu nehmen, sich im Badezimmer einzusperren und es auszusitzen.

Er hat den Fritz angerufen und gesagt: »Keine Hasen mehr, bitte schön.«

Zum Glück für den Herrn Rudi sind dem Fritz ohnehin schon die Frauen ausgegangen.

In einer Stunde findet die Verabschiedungsfeier im China-Restaurant mit seinen Kollegen und dem Fritz statt. Morgen früh der Zug nach Salzburg. Der Fritz weiß nicht, dass sein ältester Freund ihm etwas entwendet hat. Ein leidenschaftlicher Jäger ist er, der Fritz, und hat zu diesem Zweck einige ausgewählte Exemplare – gut verschlossener – Waffen in seinem Schrebergarten am Stadtrand von Wien. Seit seiner Gallen-OP hat der Herr Rudi einen Satz all seiner Schlüssel, für den Fall der Fälle. Alles andere – und der Herr Rudi hat es sich durchkalkuliert – geht ihm nicht schnell genug. Die Waffe und eine Kugel verstaut er auf dem Taschenboden. Darunter und darüber legt er

Kleidung, Taschentücher, Hygieneartikel, vier Duftkerzen (Mango, Zimt, Vanille, Apfel).

Er setzt sich an den Schreibtisch, nimmt ein Blatt Papier, einen Stift und beginnt zu schreiben. Seite um Seite. Danach zerreißt er Seite für Seite. Vor wem soll er sich denn rechtfertigen, bitte schön?

Es läutet an der Türe. Abends, so gut wie immer. Um exakt sechs Uhr. Der Herr Rudi weiß, wer der sich selbst einladende Gast ist. Nicht nur Schuldner erschrecken sich, wenn es außerhalb der Norm an der Tür läutet, der Herr Rudi – obwohl er Gerichtsvollzieher ist – erschrickt ebenfalls.

Seine Nachbarin, die Susanne, eine schwerfällige Witwe, hat es seit Jahren auf den Herrn Rudi abgesehen. Das Problem ist, dass sie ihn nackt gesehen hat, unabsichtlich, und man hat gemerkt, wie in der Rentnerin nach einem langen Schlaf die Lebensgeister wieder emporstiegen. Seit jenem Zusammenstoß herrschen Kamasutra-ähnliche Zustände im Kopf von der Susanne. Manchmal passt sie ihn ab, wenn er heimkommt. Manchmal, wenn er in der Früh zur Arbeit geht. Manchmal stellt sie ihm selbst gemachtes Essen vor die Türe, mit kleinen Karten. Die Susanne liebt Karten. Geburtstagskarten, Weihnachtskarten, Osterkarten, Karten ohne besonderen Hintergrund, Karten mit lieben Grußbotschaften. Meist will sie ihn dazu verführen, auf was auch immer in ihre Wohnung mitzugehen, aber der Herr Rudi traut dem Braten nicht so richtig. Die Susanne wohnt genau gegenüber, und der Herr Rudi weiß nicht, was er mit ihr anfangen soll. Sie wäre eine fantastische Gerichtsvollzieherin. So passioniert hartnäckig, dass es schwerfällt, sie zu ignorieren.

Heute Abend stellt sich der Herr Rudi tot. Soll sie doch läuten, bis ihr der Finger verfault. Er macht weiter mit rauf und runter und rauf und runter, weil warum auch nicht, rauf und runter. In seinen Händen schaut immer alles viel zu klein aus, bis auf eine Sache. Aber wo andere Männer ihre Großmutter für verkaufen würden, dafür schämt sich der Herr Rudi.

Die Ablenkung durch das Klingeln und das: »Huhu, Rudolf. Hätten's Zeit für mich? Ein Käffchen hat noch niemandem geschadet. Abends soll man ja keinen mehr trinken, aber ich lebe gern ein wenig, sagen wir: risikoreich. Hihihi«, hat der Susanne einen kurzfristigen Auftritt in seiner Fantasie beschert.

Na ja, denkt er, na ja. Vier Jahre jünger als er. Und gepflegt, und je mehr ihn der Gedanke abstößt, umso mehr wird es zwischen seinen Beinen doch lebendig.

»Geh, bitte«, presst er hervor.

»Huhu. Rudolf.«

»Geh, bitte«, presst er hervor.

»Mögen's mich denn gar nicht mehr?«

Er zieht sich die Altherren-Unterhose über die Oberschenkel und geht zur Tür.

»Jetzt erwische ich Sie endlich mal«, lacht die Susanne und steht blitzschnell in seinem Vorraum. Vorbeigedrückt am Herrn Rudi, und er denkt: Okay. Dann machen wir das jetzt.

»Was tun wir?«, fragt er.

»Ach, Rudolf.«

»Was tun wir?«

»Rudolf, wenn du wüsstest …«

»Ich weiß es eh.«

»Küss mich.«

»Okay.«

»Noch einmal.«

»Okay.«

»Ich bin so einsam, weißt du?«

»Ich weiß.«

Eine angemessene Zeitspanne später sagt er: »Ich muss los. Kannst du bitte gehen?«

»Ein Vögelchen, das bin ich. Schnell dahin wie ein Spatz.«

»Okay«, antwortet er.

Er bleibt am Rücken liegen und wartet einige Minuten. Dann greift er auf das Nachtkästchen. Ein kleiner Karton mit Papiertüchern, der immer leer ist.

Manchmal gibt es nicht genug Taschentücher auf der Welt, um sich den Schmerz und das Leben wegzuwischen. Der Herr Rudi nimmt den leeren Karton und schmiert das Sperma von seiner Handfläche auf die Box.

Menü Nummer drei mit Frühlingsrollen isst er am liebsten. Der Herr Rudi und ein paar Kollegen sind bei der Gebackenen Schildkröte in Wien.

Verabschiedungsfeier. Die man sich – im Prinzip – sparen kann. Da werden Geschichten ausgetauscht. Zum Beispiel über renitente Schuldner. Als Gerichtsvollzieher zusammen mit der Polizei vor einer Wohnungstüre stehen, auf diese Termine hat der Herr Rudi immer am liebsten verzichten wollen.

»Fritz, zum Wohl«, sagt der Herr Rudi.

»Auf dich«, antwortet der Fritz. Wiederholt wird das fünf-, sechsmal hintereinander.

»Was hast jetzt vor?«, sagt der Fritz und legt einen Arm um seine Schulter.
»Salzburg.«
»Ich weiß. Aber was?«
»Alles noch einmal genießen.«
»Oder mehrere Male.«
Der Herr Rudi schaut zur Eingangstüre des Restaurants.
»Eher unwahrscheinlich, dass sie kommt«, sagt der Fritz.
»Kann ja sein.«
»Denk's dir umgekehrt. Würdest du kommen?«
»Ich würd gern kommen.«
»Das glaub ich dir.«
»Ich werd nie wieder Heidelbeere zu Heidelbeere sagen.«
»Sondern?«
»Blaubeere.«
»Die Beerenfrau.«
»Sie hat Panikattacken.«
»Das tut mir leid.«
»Mir auch.«
»Schau, ist sie das?«
»Nein.«
»Schade.«
»Sehr.«
»Schaut sie der Livi ähnlich?«
»Ah geh.«
»Wie hat sie ausgeschaut?«
»Die Beerenfrau?«
»Die Olivia.«
»Sie hat die liebsten Sachen im Kopf gehabt.«
»Zum Beispiel?«

»Na Sachen. Manchmal überleg ich so. Und dann überleg ich, wie die Livi jetzt ausschauen würde.«

»Sie würd nicht ausschauen wie du.«

»Nein?«

»Nein. Sie wär immer noch schön.«

»Du bist ein Trottel.«

»Glaubst nicht?»

»Für mich wär sie immer schön. Auch wenn sie hundertneun Jahre alt wäre. Sie war der liebste Mensch, den du zwischen diesem und dem nächsten Universum finden würdest.«

»Und dazwischen?«

»Dazwischen war mir nicht genug.«

»Tut mir leid, Rudi. Um die Jahre.«

Er würde einen großen Teller nehmen und alles Mögliche daraufschaufeln. Fragen, was das Rehlein trinken möchte, fragen, ob es ihr gut geht, fragen, warum sie doch gekommen ist, und flüstern, dass es eigentlich egal ist, weil er sich ganz, ganz arg freut. Der Herr Rudi stellt sich vor, Dinge mit ihr zu machen. Aufregende zum Beispiel. Sie würden sich abschotten, ein kleines, unsichtbares Iglu bauen, tuscheln, trinken, mal mehr, mal weniger. Hin und wieder auftauchen. Seine Kollegen würden ihm bedeutungsvolle Blicke zuwerfen.

Also, wenn sie kommen würde. Vielleicht.

Nachdem die Bäuche gefüllt und einige Runden warmer Pflaumenwein getrunken worden sind, löst sich die Feiergesellschaft auf. Einer nach dem anderen verabschiedet sich lauthals vom Herrn Rudi und torkelt aus dem China-Restaurant in die kalte Nacht hinaus.

Zwei bleiben über.

»Schade, dass sie nicht gekommen ist«, sagt der Fritz.

»In meinem Alter, weißt du. Da rechnet man nicht mehr damit, so entzückt zu werden«, antwortet der Herr Rudi.

»Was machst jetzt noch?«, fragt der Fritz. »Gehen wir noch auf ein Bier?«

»Ich mag nach Hause. Schlafen.«

Sie drücken sich herzlich.

»Wart noch kurz«, sagt der Herr Rudi, als der Fritz sich schon umgedreht hat zum Gehen.

»Was denn?«

»Du bist ein guter Freund.«

»Jetzt machst mir Angst.«

»Ah geh. Einfach nur sentimental.«

»Wird wieder, Rudi, wirst sehen. Morgen beginnen die gemütlichen Jahre.«

»Okay.«

»Servas, Rudi.«

»Servas, Fritz.«

DANN MACHT ER auf dem Nachhauseweg etwas, das er nicht tun sollte, aber tun möchte, weil es ihm keine Ruhe lässt. Ihre Adresse ist noch frisch in seinem Gedächtnis, als er sie dem Taxifahrer ansagt.

Vor der verschlossenen Hauseingangstüre stehend schaut er hinauf, ob er noch Licht in einem ihrer Fenster erkennen kann. Er fischt fünf Blaubeeren aus seiner Manteltasche und legt sie vor die Haustüre. Heute Nacht wird der Herr Rudi von Enten träumen, die wie Mandarinen aussehen. Und von kleinen Geistern, die in seinem Bauchnabel *Macarena* tanzen. Er spaziert im Regen nach Hause.

Seit vielen, vielen Jahren sucht er aus Respekt vor dem Regen und seinen verschiedenen Gerüchen nach dem einen Satz, der den Regen anders beschreibt. Die Livi hat ihn darum gebeten. Tagein, tagaus denkt er also über den Regen nach. Wie er riecht, wie er schmeckt, wie er sich anfühlt, die verschiedenen Arten, wie er sich anhören kann, je nachdem, wo man gerade ist auf der Welt, und je nachdem, wie man sich gerade fühlt im Leben. Der Herr Rudi glaubt nämlich, dass Regen im Allgemeinen ein magisches Eigenleben hat und mehr ist als ein Endprodukt von Ursache und Wirkung. In seinem Kleiderschrank befinden sich neun braune Kartons, die voll mit Papier sind, auf dem er seine Ideen zum Regen gesammelt hat.

Der Herr Rudi sucht weiter, immer weiter.

Das erste Mal aller ersten Male: im Wald vom Waldbad. Der Regen, der Regen. Stunden danach haben sich die zwei Teenager noch Ästchen, Blätter und Erde aus der Kleidung, den Haaren, Schuhen und von den Herzen gezupft. Beim Heimweg auf den Fahrrädern haben die Wangen geglüht. Seitdem: zehn Finger ineinander verwoben, nicht auszudenken, was passieren würde, wenn man loslässt.

»Herr Rudi«, hat sie Monate später gesagt und ihn von unten herauf angesehen, in drohender Kampfstellung. »Herr Rudi«, hat sie gesagt, »versprich, dass du mir den Regen beschreibst.« Die Olivia war der Ansicht, dass es keine Kunst ist, etwas zu beschreiben, für das es ohnehin bereits Worte gibt.

»Und was mach ich dann damit?«, hat der junge Herr Rudi gefragt.

»Dann schreibst du es auf ein Stück Papier und lässt es liegen.«

»Aber dann bist du nicht mehr da«, hat er geantwortet. Dieses endgültige Nicht-Mehr hat ihn ewig gequält und gestochen. Kleine Schnitte, die nie heilen, weil sie Arschlöcher sind.

»Ich werde es schon spüren. Sonst verfolg ich dich mit meinen Geisterpfoten und zwick dich in den Hintern.«

Seit sein Körper nachweislich mit dem Sterben angefangen hat, wacht der Herr Rudi mitten in der Nacht auf und hat ein unwiderstehliches Verlangen nach gelbem Gemüsecurry mit Linsen. Es gibt niemanden in seiner Wohnung, den der Geruch stören könnte, und deshalb kocht er Nacht für Nacht dieses Curry. Es beruhigt ihn. Als würden alle Antworten, nach denen er jemals gesucht hat, in diesem herrlichen Gericht und dessen therapeutischer Zubereitung stecken. Kochen, das muss er nackt machen. Er muss sich spüren, wenn er etwas mit den Händen erschafft. Barfuß mit dem Boden verbunden und der Körper frei von jedem Stoff. Die Wärme, die er spürt, wenn er am Herd steht, findet er sympathisch.

Ein paar Stunden noch, Rudi, dann sitzt du in der Bahn. Chemotherapie, das ist jedenfalls nichts für ihn. Laut seinen Recherchen geht einem da nebst anderen Dingen der Appetit verloren.

Bis kurz nach sechs Uhr abends sitzt er mit einer Tasse schwarzem Kaffee im Schneidersitz im Wohnzimmer und streichelt die Teppichfasern. In einer Stunde muss er am Bahnhof sein.

Der junge Herr Rudi und die Livi hatten ihr gemeinsames Leben innerhalb von zwei Sommern durchgeplant. Wo sie wohnen werden (im Haus am Wolfgangsee), wie die Vermählungsfeier sein soll (klein und fein), die Anzahl der gemeinsamen Kinder (drei), was im Garten angebaut wird (Erdbeeren und Kartoffeln) und wo die Hochzeitsreise hingehen soll (Griechenland).

Die Livia hat zum Herrn Rudi gesagt: »Ich spür das einfach.«

»Was denn?«, hat er geantwortet und ihren Unterarm sanft mit den Fingerspitzen gestreichelt. Am liebsten sind sie wie Wollknäuel eng ineinander umschlungen gelegen.

»Dass wir Jungs haben werden.« Der Herr Rudi hat ihr die Stirnfransen angepustet.

Es soll Menschen geben, die bereiten dir derart Kopfschmerzen, da hilft keine Tablette mehr. Und dann gibt's Menschen – selten aber doch, so hört man –, die balancieren einem die Gehirnwindungen auf zärtlichste Weise aus.

Einmal, das kann er sagen, weil's schon egal ist. Das ist gut dreißig Jahre her. Da hat er einem Schuldner – ein alleinerziehender Vater von drei Kindern – Geld gegeben und gesagt: »Das ist schade, dass Sie wegen so einem Blödsinn eine gerichtliche Betreibung riskiert haben. Sein's bitte nicht so dumm.«

Manchmal brennt einem der Arsch so sehr, dass man den Stolz beiseiteschiebt und für das höfliche Ablehnen kein Platz mehr ist.

»Kriegen Sie keine Probleme, wenn Sie mir das Geld geben?«, fragt der Schuldner.

»Wer soll's denn erfahren? Probleme, schaun's, das sind so menschliche Erfindungen. Damit einem nicht langweilig wird.«

»Ich weiß nicht, was ich sagen soll …«

Während der Vater weint, kommen zwei Kinder von der Schule nach Hause und fragen, wer der fremde Mann mit der schwarzen Mappe ist, der im Wohnzimmer sitzt. Und der Vater hält inne, verkrampft, was soll er den Kindern sagen?

»Ich bin ein Arbeitskollege«, sagt der Herr Rudi, und der Vater nickt nur.

»Warum weint der Papa? Ist etwas passiert?«, wollen die Kinder wissen.

»Ich freue mich«, antwortet der Vater.

Die Kinder setzen sich unbefangen dazu und beginnen, dem Herrn Rudi ihre Hausaufgaben und danach diverses Spielzeug zu zeigen. Der Herr Rudi macht »Oooh« und »Aaah« und »Wie toll« und »Sehr fein« und »Bravo« und »Wauuuu«. Die zwei Jungs erinnern ihn an die Jungs, die er mit der Olivia hätte haben können, wenn ihnen mehr Zeit vergönnt gewesen wäre.

Und weil der Herr Rudi ein Freund vom Vater ist, bitten und betteln die Burschen darum, dass er zum Mittagessen bleiben darf, und weil er keine Termine mehr gehabt hat, ist er tatsächlich geblieben. Bis zum Abend eigentlich. Er hat sich eingehüllt gefühlt, so ganz warm von dieser familiären Atmosphäre. Das gemeinsame Essen an einem gedeckten Tisch. Das unentwegte, unerschöpfliche Kindergeplauder über dieses und jenes, über alles eigentlich. Abends dann drei Flaschen Rotwein. Und als der Fritz ihn mit seiner Lieblingsmarke aus Chile überrascht hat, da war der Herr Rudi verliebt.

So hat der Herr Rudi seinen einzigen Freund kennengelernt.

Lange nach diesem Tag hat der Fritz den Herrn Rudi angerufen, mitten in der Nacht, und gesagt: »Rudi, ich halt das nicht mehr aus.«

Es waren diese Oberbauchschmerzen, rechtsseitig, immer wiederkehrend seit Wochen, aber noch nie so schlimm wie an diesem Abend.

»Ich kann nicht schlafen, nicht liegen, mir ist kalt.«

»Fieber messen«, sagt der Herr Rudi und macht sich auf den Weg.

Als er ankommt, sitzt der Fritz gekrümmt vor Schmerzen im Flur. Er verbeißt sich: Aua, aua, aua, aua. Am liebsten würde er sich den Schmerz rausheulen, aber er will nicht, dass seine Söhne ihren Vater so sehen. Also weint er nach innen.

»Es soll einfach nur aufhören. Bitte, mach irgendwas. Ich glaub, ich verrecke.«

Und der Herr Rudi hat gesagt: »Okay.«

Weder der Herr Rudi noch der Fritz haben damals gewusst, wie knapp die ganze Geschichte war. Knapp für den Fritz nämlich. Der Herr Rudi hat ihm ein Taxi gerufen und auf die Kinder aufgepasst.

Im Krankenhaus hat man dem Fritz diagnostiziert: Lebensgefährlich entzündete Galle, die Leber ist in Mitleidenschaft gezogen. Die großen Steine waren nicht so sehr das Problem. Schüttelfrost und Fieber eher. Der Fritz ist nach dem Röntgen sofort einkassiert worden.

Obwohl er vor Schmerzen schon nicht mehr hat stehen können, wollt er nach der Diagnose heimgehen, weil er Krankenhäuser hasst wie sonst nichts.

Der Arzt hat gesagt: »Sie können gehen, aber Sie unterschreiben mir zuerst was. Ich bin nicht schuld, wenn Sie sterben.«

»Wie sterben?«, hat der Fritz geantwortet und ist noch eine Spur weißer im Gesicht geworden.

»Ihre Galle ist bereits so stark entzündet, dass Sie Fieber haben. Wir müssen operieren.«

»Sicher?«

»Nein. Ich mache nur Spaß.«

»Sarkasmus?«

»Genau. Bleiben oder gehen?«

»Sind die Schmerzen nach der Operation weg?«

»Ja.«

Der Fritz hat klein beigegeben.

Zwei Wochen lang ist der Herr Rudi für ihn einkaufen gegangen, hat das Kochen übernommen und den Kindern bei den Hausaufgaben geholfen.

Wenn sich die Westbahn Richtung Salzburg in Bewegung setzt, wird dem Herrn Rudi warm im Bauch. Da gibt's nur mehr das Geradeaus. Ab Attnang-Puchheim wird er aufgeregt, sieht die Berge und weiß: Es dauert nicht mehr lange.

»Ich muss mal.«

»Dann geh.«

»Aber ich weiß nicht, wie das geht.«

»Du hast keine Blase mehr.«

»Der Druck.«

»Geht vorbei«, antwortet der Herr Rudi und blättert in den *Salzburger Nachrichten*.

Vier Cappuccino später ist es so weit. Salzburg Hauptbahnhof.

Gar nicht so sehr der Mirabellgarten und Mozart. Mehr das Gefühl zwischen Stirn und Bauchnabel.

Es ist Nacht, als er oben ankommt, über Salzburg, und nach Lichtern Ausschau hält. Der Untersberg und der Herr Rudi. Eine alte, ganz alte Liebe.

Er beobachtet zwei Hunde, die sich hechelnd durch den Schnee jagen, weiter, immer weiter, und zurückgepfiffen werden. Dann: noch mal alles von vorne.

Wenn man ihn fragen würde, was genau an Salzburg ihm das Gefühl gibt, zu Hause zu sein: die Berge, die Salzach und der Regen.

Falls er wiedergeboren wird, dann möchte er eine dieser lustigen Enten sein, die tagein, tagaus auf der Salzach rückwärts mit der Strömung treiben, ein Stückchen nach vorne fliegen und sich wieder zurücktreiben lassen. Jeden Tag würde er Fußgänger, Radfahrer und Hunde begrüßen. Quak, quak quaken. Ein friedliches Dasein fristen. Dingen nachgehen, die Enten so zu erledigen haben, und viele, viele kleine Entchen produzieren.

Der Friedhof, auf dem die Olivia begraben ist, liegt in Anif. Der Taxifahrer wartet, hat die Sitzheizung eingeschaltet.

»Wie geht's Ihnen heute Abend?«, fragt er.

Der Herr Rudi nickt, winkt ab, passt schon, danke, alles gut. Er schaut in die Nacht hinaus, die immer dasselbe macht. Es schneit, schneit, schneit. Interessant, denkt er. In Salzburg ist immer Winter, wenn nicht gerade Sommer ist.

Dazwischen gibt es nur den Regen.

»Ich mag nicht allein sein, bitte«, hat die Livi vor fünfundvierzig Jahren geflüstert.

»Ich bin da«, hat er geantwortet und ihre Hand fest und fester gedrückt.

»Lässt mich bitte nicht allein?«

»Niemals.«

»Wenn du mich allein lässt, find ich dich und zwick dir mit Geisterpfoten in den Hintern.«

»Okay.«

»Und dann beiß ich dir in den Zeh.«

»Okay.«

»Und dann schlabbere ich dir über's Gesicht.«

»Okay.«
»Können wir was spielen, Rudi?«
»Ja.«
»Hallo.«
»Hallo?« fragt der Rudi.
»Hallo, hallo.«, antwortet die Livi.
»Livi. Ich weiß nicht, was du …«
»Hallo ist nie ein Abschied.«
»Okay.«
»Hallo.«
»Hallo, Livilein.«
»Hallo, hallo?«
»Hallo.«
»Hallooo.«

Das Schlucken wird mühsam für den jungen Herrn Rudi, er zwingt sich weiterzumachen, sieht, dass es ihr schwerer fällt, die Augen offen zu halten. Sieht, dass sie kämpft. Je weniger er hinsehen kann, umso fester drückt er ihre Hand.

»Rudi.«
»Hallo, Livi.«
»…«
»Livi. Hallo, okay? Hallo, Livi.«
»…«
»Sagst es noch einmal? Ich flüstere auch für dich.«
»…«
»Hallo. Hallo.«
»…«

»Livi, einmal noch. Bitte. Hallo, hallo, hallo, hallo, hallo. Hallo, hörst mich? Nur ein bisschen noch, okay. Okay? Nur ein bisschen noch. Hallo, ich mach einfach weiter, okay. Ich werd das mit dir spielen, ein paar Stunden noch. Oder fünf Minuten. Eine Minute. Aber bitte noch nicht, bitte jetzt noch nicht. Bitte.«

Jetzt sitzt sie mit überkreuzten Beinen auf ihrem Grabstein und winkt ihm zu.

»Alt schaust aus«, sagt er, nachdem er sie erreicht hat, und fügt hinzu: »Endlich.«

Er bückt sich und legt seinen Kopf an ihren Hals. An die Stelle, wo es warm sein und nach Zuhause riechen soll.

»Ich möcht dich ausgraben.«

»Nichts mehr da.«

»Ausgraben und lieb haben.«

»Kommst du nach Hause, Rudolf?«

»Ich möcht mich zu dir legen.«

»Nichts mehr da.«

Von außen betrachtet sieht man einen großen Mann, mit einer Katzenohrenhaube in einem Wintermantel, der an einem Grabstein kauert und versucht, diesen zu umarmen.

Zum Glück für den Herrn Rudi ist der Friedhof im Winter meist spärlich besucht.

Der Hals wird ihm eng. Er sackt auf dem Rücksitz des Taxis zusammen.

»Aussteigen«, sagt er.

»Was?«

»Aussteigen, jetzt«, wiederholt der Herr Rudi.

»Wir sind noch nicht beim Hotel.«

»Ist mir egal. Es passt schon.«

»Bei dem Wetter?«

»Ich möchte aussteigen, bitte schön. Sind Sie so lieb?«

Der Taxifahrer schüttelt den Kopf und fährt rechts ran.

Er stapft die letzten Meter durch den Schnee, Richtung Landhotel. Ein paar, vielleicht auch viele Minuten, so exakt muss das gar nicht sein. Salzburg nagt erbarmungslos am Herrn Rudi. Gehen, gehen, gehen. Ein Fuß vor den anderen. Manchmal kommt man anders nicht voran. Er denkt an die Salzach, die immer durch die Adern vom Herrn Rudi geflossen ist. Mehr Salzach als Blut, eigentlich. Die Hände in den Manteltaschen, die Katzenohren auf dem Kopf. Er überlegt, was dieser Fluss Tag für Tag davonträgt und irgendwo anders wieder anspült. Spürt die vier Cappuccino, die zu stark waren, sein Herz, das zu schnell arbeitet. Vielleicht noch eine Runde schwimmen in der Badewanne, wie die Enten.

Bis auf ein paar verlorene Seelen ist niemand mehr auf den Straßen. Er überquert die Brücke, bleibt auf halbem Weg stehen und lehnt sich an das Geländer. Der Blick auf die Königsseeache unter ihm, eine Sache, die in all den Jahren nie langweilig geworden ist. Ebenso wenig wie das Gekreische der Vögel, die immer irgendetwas zu berichten haben.

Zum Glück, sonst wäre es vermutlich sehr, sehr still in Salzburg.

Damals haben sie sich stundenlang flüsternd im Haus gesucht, wenn die Sommertage zu erdrückend und sie des Waldbads überdrüssig waren. Wenn schon alles getan wurde, was einem so einfällt, wenn man jung und weitgehend unbeschwert ist, wenn jeder Moment ewig wirkt und alles nach Sonnencreme, nassen Schwimmsachen und Rock 'n' Roll riecht.

Sie liegen im an den See angrenzenden Wald. Fingerspitzen suchen, finden und verlieren sich wieder. Umhüllt von Tiergeräuschen, dem Rascheln von Blättern und Ästen. Nichts kann ihnen irgendetwas anhaben. Sie sind nackt, seit Stunden sind sie nackt. Die Eltern von der Livi sind nach

Wien gefahren. Man hat es ihnen zugetraut, den jungen Erwachsenen, dass sie sich in der Abwesenheit von Autorität und irdischem Regelwerk benehmen.

Stattdessen: sich ansehen und kichern, Gras rauchen, auf dem Rücken liegen und in den Himmel schauen. Ihn herausfordern, mit mutigen Blicken und waghalsigen Ankündigungen. Oder umgekehrt.

»Gemeinsam schaffen wir alles«, sagt die Livi.

»Okay«, antwortet der junge Herr Rudi.

»Ich hätt mich auch für den Max entscheiden können.«

»Hast du aber nicht«, antwortet er und kneift sie in die Pobacke.

»Stimmt. Aber ich hätte können.«

»Hast du, aber nicht.«

»Weißt du, warum nicht?«

»Warum?«

»Weil wir uns gefunden haben.«

Jahrzehnte später kann der Herr Rudi mit Sicherheit sagen: Sogar im Jenseits würde er sie noch jagen wollen. In seinen Träumen sind sie wieder neunzehn Jahre alt, schwimmen im Waldbad Anif, warten, bis die langen Sommertage zu aufregenden Nächten werden, die nach ewiger Jugend riechen. Trinken Alkohol, essen Eis, essen eigentlich ständig Eis und lügen die Eltern an, damit sie zusammen sein können.

»Und was finden wir nach dem Finden?«, fragt er und pustet ihr widerspenstige Stirnfransen von der Stirn.

Sie finden Ausreden, Nächte, finden Wahrheit und das Reine, finden Boden und kühles Wasser, suchen Freundschaft, finden Liebe, finden Lachen, eine Flasche Schnaps, finden Wiesen zum Kotzen, finden Kopfwehpillen, finden Rotwein, finden Geld und essen Pizza, finden Schlaf, entdecken Höhepunkte, finden Bindung und die Eifersucht, finden noch mehr Schnaps und finden Rotwein, finden keine Wiesen zum Kotzen, finden Eimer zum Aufwischen, finden weder Pillen noch Geld, lernen kochen, finden Muße, finden Zweisamkeit, keine Worte, finden Küsse. Finden Pläne, finden Sternenstaub, werfen ihn in die Luft, planen weiter, finden Hoffnung, sparen Geld, finden noch mehr Küsse, trinken keinen Rotwein mehr, weil es der Livi seit Tagen nicht mehr gut geht, finden keinen Grund, nicht für die Schmerzen, finden Blut beim Husten, die Eltern finden einen Arzt, und bis zum nächsten Sommer findet der Herr Rudi keinen Sinn mehr.

Was würde sie zu ihm sagen, wenn sie sich wiedersehen dürften für den längsten aller Augenblicke?

»Alt bist du geworden.«

Mit pausbäckigem Grinsen und beschämtem Kichern.

Und vielleicht: »Gefehlt hast du mir, weißt? Einfach gehen, das wollte ich nicht.«

Hinter geschlossenen Augenlidern sieht er die Livi, wie sie unablässig Marmelade kocht, in dem Haus in Grödig. Und vielleicht ist in einem Paralelluniversum nie etwas passiert.

Die Hochzeitsreise nach Kos war wunderschön. Ouzo, Pita, Tsatsiki und Feta Saganaki, gefüllte Bohnen, Calamari, Rot- und Weißwein in kleinen Tavernen, am Meer sitzen, im Meer schwimmen, sich im Meer lieben und später feinen Sand vom Körper klopfen, gegen das Leben anlachen, sich lieben, sich immer wieder und immer wieder lieben, weil sie nicht genug voneinander kriegen können, Griechisch lernen, immer wieder kommen, hin und wieder eine Zigarette rauchen, sich Sonnenuntergänge ansehen. Kos, Kreta, Samos, Korfu, Rhodos, Zakynthos, in der Piratenbucht schwimmen, sich bräunen lassen auf einem weißen Boot. Peloponnes: den Kanal von Korinth sehen und staunen, staunen, staunen. Volle Bäuche und weiße Kopfpolster, die nach der Ägäis riechen. Nebeneinander am Meer liegen, einnicken und wieder aufwachen, Münder die sich im Halbschlaf suchen, ineinander verschlungen wie Wollknäuel wieder einschlafen. Die Nacht nach Griechenland kommen lassen.

Wieder und immer wieder.

Die Rezeptionistin lächelt den Herrn Rudi sanft an, als sie sieht, wie er durch den Hoteleingang kommend gemächlich und bepackt mit Plastiktüten vom Gemüsehändler auf sie zugeht.

»Grüß Sie«, sagt er.

»Guten Abend.«

»Sind Sie gar nicht müde?«

»Schon ein bisschen. Aber dafür hab ich morgen den ganzen Tag frei.«

»Sind Sie Salzburgerin?«

»Oberösterreich.«

»Das sagt man so.«

»Was denn?«

»Dass die Salzburger hauptsächlich Oberösterreicher sind.«

»Ich glaub sogar«, antwortet sie und lacht, »das ist Tatsache.«

»Ich komm aus Wien. Aber im Herzen, wissen Sie?«

»Das versteh ich. Ich würde auch nicht mehr wegwollen. Oder weg sein, um wieder zurückzuwollen.«

»So stell ich mir die Ehe vor.«

»Kann ich Ihnen helfen? Brauchen Sie etwas?«

»Das ist lieb. Ich hätte gern einen Whisky.«

»Die Bar ist leider schon geschlossen.«

»Das ist schade.«

»Ist es sehr dringend?«

»Kann man so sagen«, antwortet der Herr Rudi und kratzt sich am Hinterkopf.

»Ich mag Ihre Haube«, sagt sie.

»Wegen den Ohren?«

»Genau. Ich liebe Katzen.«

»Schlafen's gut«, sagt der Herr Rudi.

»Ebenfalls«, antwortet sie.

Er steigt in den Aufzug und drückt sein Stockwerk.

Vierter Stock, auch eine Option.

Der Herr Rudi treibt zwischen Blaubeeren und lauwarmem Wasser umher. Manchmal hilft nichts anderes, als das gesamte Leben in eine mit Blaubeeren gefüllte Badewanne hineinzuweinen. Vorwärtszurutschen, rückwärtszurutschen, unterzutauchen, Luft anzuhalten, Blaubeeren mit den Lippen zu schnappen. Schieben, schieben, Schaum wegschieben.

Sein nackter Hintern in der Höhe, das Kinn nach oben gereckt.

»Quak», sagt der Herr Rudi. »Quak, quak.»

Seit seinem neunzehnten Lebensjahr wollte er sich immer in einen Fluss stürzen. Zuerst in die Salzach, weil er gedacht hat, dass ein gebrochenes Herz mehr oder weniger dort drin auch keinen Unterschied mehr macht. Danach wäre die Donau interessant gewesen, weil er nach Wien zurückmusste, wegen der Ausbildung zum Gerichtsvollzieher. Am liebsten wär er in Salzburg geblieben, an der Salzach gesessen und hätte jeden Morgen immer wieder aufs Neue entschieden, ob er reinspringt oder nicht.

Er greift nach seinem Handy und wählt die Nummer, die der Fritz ihm in die Katzenohrenhaube gesteckt hatte. Sein Abschiedsgeschenk sozusagen. Es klingelt, klingelt, klingelt. Er legt auf. Die Nummer ruft augenblicklich zurück. Der Herr Rudi wollte so viel sagen, aber nun kann er nichts anderes tun, als in die Leitung zu atmen.

»Was ich kann ich für dich tun, Süßer?«, fragt die Stimme. »Bist du schüchtern? Lass dir Zeit.«

»Okay.«

»Wie heißt du?«

»Rudolf.«

»Soll ich dich besuchen kommen?«

»Darf ich nur reden?«, fragt der Herr Rudi.

»Alles, Süßer. Es ist dein Geld. Allerdings …«

»Ja?«

»Telefondienste mach ich nicht. Ich müsste schon persönlich vorbeikommen.«

»Wie wäre das so?«

»Entspannend. Es wäre alles, was du willst, dass es wird.«

»Wie viel persönlich reden geht denn für …«, er schaut in seine Geldbörse und zählt nach, »wie viel reden geht denn für neunhundert Euro?«

»Ist es sehr dringend bei dir, das Reden?«, fragt sie.

»Ich weiß nicht«, antwortet er.

»Neunhundert Euro nur fürs Unterhaltenwollen hört sich nach fünf Minuten vor Selbstmord an.«

»Ah geh.«

»Find ich schon.«

»Ah geh.«

»Du bist ein Lieber, das höre ich. Weiß du, ich kann viel mehr für dich tun. Abgesehen vom Reden.«

»Danke.«

»Was möchtest du denn noch?«

»Für den Anfang nur reden, bitte schön.«

»Wo wohnst du?«

»In einem Hotel.«

»Gib mir die Adresse, und ich komme dich besuchen. Dann können wir …«

»Reden.«

»Genau, Süßer.«

Der Herr Rudi nennt ihr die Adresse und setzt sich auf das Doppelbett. Vielleicht hat sie Lust, mit ihm zu baden. Muss doch nicht alles auf diesen Sex hinauslaufen.

Hoffentlich.

Sie hat Beine bis zum Mond. Mindestens. Das fällt als Erstes auf, als sie nach ihm in die Wanne steigt. Er überlegt, ob einem das wehtut, wenn man so schön ist.

»Ist das ein neues Ding?«, fragt sie.

»Was?«

»Das mit dem Obst«, sagt sie und steckt sich eine Handvoll Blaubeeren in den Mund.

»Ich glaub nicht.«

»Möchtest du wirklich nur reden?«

»Wie heißt du?«

»Ist das wichtig?«

»Ich würd mich wohler fühlen.«

»Hannah.«
»Hallo, Hannah.«
»Hi, Rudolf.«
»Kannst du jemand sein, den ich kenne?«
»Rollenspiel?«
»Ein bisschen.«
»Kein Problem.«
»Wer soll ich denn sein?«
»Ein Reh.«
»Versteh ich nicht.«
»Egal.«
»Und wie soll ich sein?«
»Ich glaub, es reicht eh, wenn ich einfach Rehlein zu dir sagen darf.«
»Klar.«
»Okay. Danke.«
»Kein Problem.«
»Das heißt, ich sag jetzt Rehlein zu dir und nicht Hannah.«
»Schon verstanden, Süßer.«
»Fürchtest du dich nicht?«
»Wovor?«
»Vor mir.«
Sie lacht. »Weshalb sollte ich?«
»Wegen der Beeren und der Badewanne und weil ich alt bin und keinen Sex will.«
»Gewundert hab ich mich schon.«
»Den schönsten Sex hab ich schon gehabt.«
»Das hört sich romantisch an.«
»Ich mag einfach nicht nichts spüren.«
»War das so mit jemand anderem?«

»Ja. Das hab ich schon ausprobiert, und nachher hab ich nur gedacht: Ach so.«

»Rudolf, das kenn ich.«

»Seltsam. Ich wollt, dass du jemand anderer bist, weil ich dieses Reh unbedingt küssen wollte und wahrscheinlich mehr. Aber jetzt.«

»Magst du nicht mehr?«

»Manchmal will man etwas und dann nicht mehr.«

»Darf ich noch welche essen?«

»Bitte schön.«

»Hoppla.«

»Entschuldigung.«

»Er ist schon …«

»Du bist so schön. Es tut mir leid.«

»Nein, ich mein er ist so …«

»Viel.«

»Ja.«

»Darf ich. Ich meine, darf ich ihn angreifen?«

»Okay.«

»Ist das gut?«

»Ja.«

»Weitermachen?«

»Okay.«

»Mit den Beeren rundherum sieht das witzig aus.«

»Würdest mich küssen?«

»Gut.«

»Als wäre es echt.«

Sie beugt sich ein Stückchen näher zu ihm, ihre rechte Hand dort, wo es schön sein kann, das Rauf-und-Runter, und während sie ihn noch küsst, die Frau, die überhaupt nicht mehr dringend das Rehlein sein soll, beginnt er zu weinen.

»Sind neunhundert genug?«, fragt er leise, nachdem sie aus der Wanne gestiegen ist und ihm ein Papiertuch für die Nase gereicht hat.

»Das ist zu viel für egal was.«

»Das passt.«

»Du bist ein Lieber.«

»Okay.«

»Auf Wiedersehen, Rudolf. Es hat mich sehr gefreut.«

Er sieht ihr nach und sinkt tiefer in das Blaubeermeer.

Wer soll denn das Menschsein so ganz alleine aushalten, bitte schön?

Die Kugel findet er dort, wo er sie verstaut hatte: in der Reisetasche. Und jetzt, wo die Livi nicht mehr auf seinem Rücken sitzt, ist der Hexenschuss ebenfalls verschwunden.

Eine interessante Sache, das mit den Geistern.

Er nimmt sein Handy und wählt.

»Servas, Fritz«, sagt der Herr Rudi.

»Freuuuund.«

»Jooo.«

»Alter Freeeeuund.«

»Jooo.«

»Rudi?«

»Was?«

»Happy Birthday.«

»Ich feiere nicht.«

»Trotzdem.«

»Danke.«

»Sechsundsechzig.«

»Ein Wahnsinn.«
»Wie geht's dir?«
»Soso, denk ich.«
»Ich find das so schade«, sagt der Fritz.
»Meinen Geburtstag?«
»Dass dein Geburtstag ihr Sterbetag ist.«
»Humor von dort oben.«
»Vielleicht. Geh schön essen. Gönn dir was.«
»Es ist so widerlich, was man als Mensch aushalten muss.«
»Wo bist du, Rudi?«
»Manchmal ist es laut, manchmal leise, und manchmal ist gar nichts.«
»Was meinst du?«
»Egal.«
»Alles okay?«
»Leben halt«, antwortet der Herr Rudi, setzt sich an die Bettkante und fragt: »Was machst gerade?«
»Spieleabend mit den Jungs. Wenn mich der Nachwuchs besuchen kommt, dann machen wir was Sinnvolles.«
»Find ich gut. Was spielt ihr?«
»Mensch ärgere Dich nicht.«
»Stör ich euch?«
»Ich hab eh schon verloren.«
»Ich hab das tagelang gespielt. Damals. Mit der Hedi im Garten.«
»Hast du erzählt, ja.«
»Hat mich abgelenkt.«
»Wenn ich noch einmal *Mensch ärgere Dich nicht* hör, muss ich dir wehtun, glaub ich.«
»Ah geh, Fritz.«
»Ernsthaft. Regt mich auf.«

»Mich hat das zusammengehalten.«
»Das Spiel?«
»Die Beschäftigung.«
»Magst vorbeikommen? Vier Bier hab ich noch.«
»Geht nicht.«
»Bist beschäftigt?«
»Kann man so sagen.«
»Mit?«
»Sachen.«
»Ernsthaft, was machst?«
»Sachen.«
»Irgendwas passt nicht. Ich merk das.«
»Ah geh.«
»Bist du in Wien?«
»Nein.«
»Salzburg?«
»Ja.«
»Dir geht's nicht gut.«
»Ah geh.«
»Rudi.«
»Jo?«
»Mit mir kannst über alles reden, das weißt?«
»Hast dir schon mal überlegt, warum man Tote eingräbt, anstatt sie auszugraben?«
»Herumliegende Leichen. Das wär nicht so spannend.«
»Abgesehen davon.«
»Sag.«
»Vielleicht weil eingraben wehtut, aber ausgraben tiefer schneidet.«
»Wie kommst du jetzt dadrauf?«
»Lose Gedanken.«

»Ich komm dich besuchen. Morgen. Gehen wir zum Mönchsberg, Bräustübl danach.«

»Berg und Bier wär schon schön.«

»Rudi?«

»Ja?«

»Weinst du?«

»Wieso?«

»Du weinst.«

»Ah geh.«

»Mit mir kannst über alles reden. Das weißt?«

»Jo.«

»Ich hör dich weinen.«

»Ah geh.«

»Es passt was nicht.«

»Ah geh.«

»Morgen komm ich dich besuchen.«

»Geht nicht.«

»Sei nicht komisch.«

»Es regnet.«

»In Wien ist alles ruhig.«

»Ich könnt mich reinlegen in dieses Geräusch.«

»Die Buben wollen mit dir reden.«

»Heute nicht.«

»Geht's dir gut?«

»Ich bin krank, Fritz. Das sollst du wissen.«

»Was heißt krank? Wie krank?«

»Kennst du das? Wenn du … Ich mein, ich lieg manchmal auf dem Rücken, okay. Im Wohnzimmer. Und dann schau ich an die Decke. Dann hab ich dieses Gefühl – wenn ich lang genug schau –, dass die Decke immer näher kommt. Das hört erst wieder auf, wenn ich mich auf den Bauch dreh.«

»Ich versteh's nicht ganz.«
»Ich hab dich lieb, Fritz.«
»Spinnst?«
»Ganz, ganz arg lieb.«
»Sag mir, wo du bist. Ich setz mich ins Auto und komm.«
»Auf Wiedersehen, Fritz.«

»BALD«, flüstert die Livi.
»Was bald?«, sagt der Herr Rudi.
»Bald«, wiederholt sie ihre Einschätzung.
»Du redest wirr.«
»Das ist, weil ich vergessen hab, was die Dinge bedeuten«, antwortet sie.
Nicht blöd, denkt der Herr Rudi. Dingen Bedeutung beizumessen, ist ohnehin sehr zermürbend.
Das letzte Livi-Marmeladenglas ist leer.

Als er zwei Jahre alt war, hat der Herr Rudi seinen kleinen, pummeligen Finger, klebrig von Marmelade, in die Höhe gehalten und verkündet: »Gen.«

Der Finger ist schon ungeduldig in der Luft gependelt: »Geeen.«

»Schätzchen, was ist los?«, hat die Hedi, die Gärtnerin, gefragt.

»Gen«, war die überzeugte Antwort.

»Wohin gehen?«

»Gen«, hat das Kind geantwortet und die Augen zusammengekniffen, als müsse es sich konzentrieren.

»Geeen«, hat er nachts geschluchzt, wenn der Himmel klar war und keine plätschernden Geräusche von außen kamen, die ihn hätten besser einschlafen lassen.

»Gen«, wenn ihn die Hedi in die Badewanne gesetzt und Attacke-der-Quietscheentchen gespielt hat. Freudiges Kreischen, Kreischen, Kreischen. Gen, Gen, Gen.

Mit der Zeit wurde der Zweijährige deutlicher, weil die Hedi mit ihm Sprechen geübt hat. Stundenlang ist sie mit ihm auf dem Schoß vor dem Küchenfenster gesessen und hat erklärt, was es auf sich hat mit den Worten, während der Regen unablässig gemacht hat, was er eben so tut.

»Regen!«

Der Herr-Rudi-Zeigefinger hat sich in Bewegung gesetzt wie ein Metronom. Egal, was dem kleinen Persönchen wehgetan hat, es hat an seinem linken Ohrläppchen gerieben und sich durch die bloße Anwesenheit des Regens beruhigt. Da gab es keine Eltern, keine Hedi, keine Marmelade mehr. Wenn der Regen da war – am liebsten waren ihm die Sommergewitter –, hat rundherum nichts anderes mehr existiert. Jahrelang ist der Regen sein schönstes Wiegenlied gewesen.

Einstweilen begnügt sich das Kind damit, kleine und große Dinge zwischen den Regentropfen tanzen zu sehen und dem, was er spürt, auf kleinen Füßchen hinterherzujagen. Die Hedi hat kaum an den fantastischen Geschichten, die ihr der Junge über die Figuren zwischen den Tropfen erzählt hat, gezweifelt.

Im Sommer liegt er bäuchlings mit einer Lupe auf der Wiese, einen viel zu großen Strohhut auf dem Kopf, und versucht, herauszufinden, wie es aussieht, wenn Marienkäfer atmen. In jenem Sommer legt sich eines Nachmittags ein zweites Bäuchlein zu ihm in die Wiese, und als der Feldforscher aufblickt, sieht er blitzblaue Augen und ein Gesicht, ausgefüllt mit schwarzen Marienkäferpunkten. Sie bietet ihm eine kleine Schaufel voll Erde an. Der Herr Rudi untersucht die Erde akribisch mit seiner Lupe, befindet sie für sauber, und dann essen sie die Erde. Stück für Stück für Stück, bis die gelbe Plastikschaufel leer ist. Wenn man schon das große Glück hat, dass jemand seine Erde mit einem teilt, dann fragt man nicht nach.

Kindliche Verbündete liegen Wange an Wange im Gras und beobachten.

Was genau – schwer zu sagen.

Sie lehnt in einer Ecke. Der Herr Rudi sieht sie an, und für einen Augenblick erlaubt er sich die schönste aller Hoffnungen.

Neunzehn Jahre alt, die Olivia und das Waldbad in Anif. Neugierige Berührungen und vom Sommer gewärmte Haut. Keine Ahnung vom Leben. Von Dingen, die schön sind, und Dingen, die wehtun.

Der Herr Rudi und die Livi laufen. Springen ins Wasser, tauchen wieder auf und erzählen sich kleine, große Geschichten, die nur im gemeinsamen Universum Gültigkeit haben.

Dann schauen sie sich an, und der Rest der Welt kann scheißen gehen.

Wenn es einige Tage später noch etwas gibt, das man sagen kann, dann vielleicht: »Du bist echt eine blöde Sau.«

Der Fritz kauert am Boden einer Gondel der Untersbergbahn, die Urne mit dem Herrn Rudi darin fest umklammert. Zwanzig Minuten, haben die unten gesagt, circa zwanzig Minuten, bis Sie auf auf dem Unterbsberg sind. Für den Fritz allerdings fühlt es sich an wie Jahre.

»Dich find ich im Jenseits, Rudi«, murrt er, »und dann spielt's Granada.«

Mit dem Handrücken wischt er sich Schweißtröpfchen von der Stirn.

»Sturer Esel«, fügt er hinzu und gibt der Urne einen sanften Klaps.

Die zweite Flasche Wein steckt er in den Schnee. Der Fritz schiebt behutsam den Deckel von der Urne und steht auf.

Jemand pfeift. Er dreht sich um und kneift die Augen zusammen.

Erneutes Pfeifen.

Er kann die Silhouette eines Mannes ausmachen, der beharrlich in seine Richtung winkt. Der Fritz wundert sich. Seit er damals nach Wien gezogen ist, kennt er niemanden mehr in Salzburg. Der Fritz könnte schwören, dass der Mann aussieht wie der Rudolf.

Ah geh, denkt er, gibt's nicht, weil den hab ich gerade über Grödig und wahrscheinlich viel weiter verstreut.

Allerdings.

Der Herr Rudi war immer fest davon überzeugt, dass man nie mit Sicherheit wissen kann, was manche Menschen so sehen und andere eben nicht.

Und das ist eigentlich ein schöner Gedanke, denkt der Fritz, als er langsam durch den Schnee auf den winkenden Menschen zugeht. Was soll der Fritz denn hier oben ganz allein mit einer Flasche Rotwein machen?

Weil zu zweit getrunken schmeckt ein Wein doch besser und gar nicht mehr so nach Einsamkeit.

Abgang Herr Rudi, bitte schön.